王偉忠 著

欸！我坐到哪裡了！？

王偉忠繼續哈啦，不知老之將至……

目次

輯二

輯三

吃什麼？做什麼？想什麼？——一家人走到哪兒都是一家人

一輯四一

F.R.I.E.N.D.S
——男人的內心小劇場

一輯五一

一輯六一

原來還能戀愛
——人生下半場還長著呢！

推薦序

劉羅鍋來了！

劉墉

跟偉忠很早就認識了，那時我每年暑假回台，不知由誰介紹，二人約好在忠孝東路四段的「雅宴」聊天，沒預設什麼目標，純粹是「盍各言爾志」，當時他談了一堆做節目的構想，讓我如聽神話，沒想到接下來幾十年，他說的全實現了，除了捧紅一群了不得的藝人，成爲「綜藝教父」，而且在兩岸甚至全球，都引起熱烈的文化迴響。

把節目做紅或許不難，但是能成爲文化現象，甚至表現出文化使命就太不簡單了！我的兒子劉軒雖然不是眷區出生，但看了偉忠的《寶島一村》感動得直掉眼淚，我發現以前跟他說了一堆眷村故事，都不如他看那場《寶島一村》。

偉忠來自嘉義眷村，我是在台北溫州街「兵工學校」的眷村旁邊長大，從小接觸的全是來自五湖四海，講出南腔北調，舞得刀槍棍棒的眷村哥兒們，加上我太太也是屏東眷村長大，所以只要聽到眷村的口音就感動。

不久前有幸上偉忠的節目《欸！我說到哪裡了？》，一見面我就說「咱們天南地北聊，別為我拚命打書，最重要的是重溫往日情懷。」偉忠的節目硬是棒，他的提問好像「天外拈來」，但都生動而深入，似乎嘻笑怒罵，卻能直指人心。套句我太太的話：同一位嘉賓，在別的節目說不清楚的，到王偉忠的節目就清楚了。是偉忠幫他把話梳理清楚，而且你可以感覺到他是性情中人，表面看嬉笑怒罵，骨子裡諒解寬容。

那天節目裡，我們聊到北京家鄉味「打滷麵」，我說自從老娘仙逝，很久沒吃到，太想念了。偉忠立刻說小慧（偉忠夫人）會做，接著跟我約時間，讓我帶兒孫全家前去叨擾，吃到跟我老娘一樣味道的「打滷麵」，見到他美麗的賢內助。

記得那天我問他夫人三次，「您會是土生土長的基隆人?·怎麼一口京片子?」今天讀偉忠這本新作，說他從來喜歡當老師，猜想夫人甜美的京片子也可能受到他的影響。

偉忠這本《欸!我坐到哪裡了!?》真是篇篇精彩，文章都不長，但是生靈活潑，總有奇兵突出的「警句」，又能詭文譎諫，針砭時政而不被查水表，讓我拿起來就放不下。邊讀邊想，怪不得他的節目都那麼能引人共鳴。我也想··三十多年前要不是因爲放不下美國的教職，而追隨偉忠打天下，不知道會不會做出個膾炙人口的《劉羅鍋來了》!

推薦序

我眞的不想討好王偉忠

王蘭芬

上次陪建中「一趴」林宸緯去上偉忠哥廣播「欸！我說到哪裡了？」。

聽到才十八歲的小孩對自己各種作品瞭若指掌，主持人一陣哈哈大笑後，正色說，「將來你會明白，人不可能討好所有人。」果然這本新書第一篇王偉忠就寫了，「想在網路世界找到立足之地，不要老想著討好，裡表一致的人活得比較輕鬆。」

所以我從來沒想過要討好偉忠哥，只是讀著《欸！我坐到哪裡了!?》時，跟著一起笑：

＊孫安佐對動漫忠貞到「監獄不能移」。

＊母子兩人能並肩徜徉在黃色笑話裡，真要感謝費玉清！

＊他問郝伯村，「為什麼您游泳頭一定在水面上？」郝伯村答，「有共匪！」

＊美國女婿用中文喊我爸爸，這樣我就是「美國人的爸爸」！一起哭：

＊「爸！您孫女大學畢業、結婚了！」說著說著，莫名其妙哽咽起來。

＊很想告訴年幼的自己，這可是利百代專門送來給你的欸！女兒好奇問怎麼回事，想講、卻忍不住哽咽，不是為了童年的我，而是心疼當年的爸媽。

＊原來不管是孝順、是叛逆，回頭一看，每個人都沒變樣，但都慢慢活成了爸媽的模樣。

＊任一時代、任何地方，都有這麼一群顛沛流離的人，這群人的故事都該不斷地訴說下去，讓他們感到「回家了」。

或是點頭如搗蒜：

＊麥克連發現英雄角色從頭到尾只會死一次，但懦夫們早在過程中扼殺自己無數次。

＊預測未來最好的方法，就是創造未來。

＊水塘旁放個水深危險的警告標誌，沒人敢跳，是一種危險；另一個水塘旁明明放著安全標誌，卻沒人敢跳，是一種極深、極深的恐懼。

他在書裡還說，「將來我這種有求必應、願意傾囊相授的老大哥也會大發，因爲跟我聊天，也得照表付諮詢費！」

眞的每次有機會坐下來跟偉忠哥聊天，都激動到眼眶發燙，就像書裡這些絮絮叨叨、搞笑打屁、憂國憂民，無一不打中心裡那些很想吶喊又無法出口的結塊，而且他的聲音有種魔力，不管講什麼，都給人一種「放心，有我在。」的心情。

記得朱天文說過，她第一次回父母家鄉見到過去未曾謀面的哥哥輩親人時，覺得壓在肩上多年的重擔突然輕了些，因爲終於有人熱情地接手生活裡許多需要煩心的瑣事。

面對偉忠哥，或讀著他的書，會有同樣的感動，好像他就是我從來沒有過的大哥，而且就翹著腳坐在旁邊。（對，我接回書名哏了。）

最棒的是，見字如晤，還不用照表付諮詢費。

推薦序

下一站他要坐到哪？

詹仁雄

身在娛樂圈，講究的是跟上時事，最好能預測未來趨勢流行，最重要得用最易懂的語言翻譯給閱聽者，而且速度得快。

這幾行字看來容易，實則非常燒腦與折磨。

要快就會失去品管，要易懂便常媚俗，天曉得這幾年故鄉情勢詭譎，「王老四過年一年不如一年」，偉忠哥排行老四，老么永遠有個孩子在心裡，他看到的不太樂觀的遠方，總用他幽默不喪志的方式，取悅自己也讓眾人莞爾。

對我而言，演藝圈大多事無法醞釀，要不便宜行事，或選擇虧本求個名聲，想好好表達自己的感悟或作品，逐字逐句雕琢，是某種奢侈的休息。

偉忠哥的情懷如他體態，始終維持很好，這專欄轉眼十五年，對於也寫過專欄的人簡直是愚公移山般的耐性，那也表示坐公車可以半價的老王，青春依舊，像是我第一次在台視趴在地上寫大字報，那位傳奇的幕後才子經過，飄過的年輕風采，終究沒被最壞的時代變成討厭的大人。

下一站他要坐到哪我不曉得，但我確定必仍是充滿歡樂與哲理的車廂，勇往直前！

—序—

這四年

每年過年前，習慣將一整年在《今周刊》的專欄累成一落，裝訂成冊，在除夕夜喝杯小酒，從頭到尾翻一回，回味這一年的情緒。

專欄從二〇〇七年至今，寫了十五年，感覺真的只是一晃眼！每隔幾年就會將專欄集結成書，從《我是康樂股長：王偉忠週記……亂講有理，娛樂無罪！》、《不機車 很推車》、《我很怕，但我還有GUTS！：王偉忠笑談人生冏途的一〇一則勇氣真言》、《半減卻：王偉忠盡情吹牛六十年的心得報告》，一直到今年將出版第五本《欸！我坐到哪裡了!?》，而我，也從剛寫專欄的五十歲中年，成為領敬老卡的六十六歲初老。

這五本書，每一本的情緒都不同。

一開始對社會極有意見，經常為了工作飛來飛去，因此特別關注機場的推車輪子是否滑溜，甚至還得到當時馬總統的回應！後來漸漸發現人生真的需要減法，慢慢換檔半減卻，年輕人適合的節目就由年輕人主導，而我的地位、也從出錢出力的合作夥伴，變成他們口中「偉忠哥你出錢就好！」的耆老、耄耋、老一輩了！

但眞要形容這些日子的變化，疫情可說是個分水嶺。

疫情之前，大家把出國旅遊、聚餐當作日常，壓根沒想到有一天會全球航班停擺，會停班停課，小明不能回家，全民會強制戴口罩一千一百一十一天之久！經過這一段，才珍惜能夠大口呼吸、能跟親朋好友坐一桌吃頓好飯的日常幸福。

疫情期間很流行邱吉爾名言「不要浪費一場好危機」，對OTT串流平台業者來說，疫情期間大家不出門，都留在家裡追劇，確實是前景大好，也帶動台灣影視產業的升級。

但對表演藝術來說，這疫情眞是刻骨銘心。

我們的舞台劇《明星養老院》在疫情的驚濤駭浪中展開巡迴公演，期間遇到場館封閉，開放後又是梅花座，整整往後延了八個月，才恢復正常演出。每次公演前最擔心台前演員或幕後工作人員確診，大家保持距離，戴著口罩彩排，反覆戳鼻子測病毒，整天提心吊膽，終於平安完成所有演出。一次次看著滿場的觀眾，聽著哄堂笑聲，真的是疫情期間最不可能的任務，團隊齊心完成一件大事。

另一件大事，就是大女兒結婚了！

老婆跟我都沒想到女兒會這麼早結婚，但一路看著他們交往，看著女婿在小女兒協助之下、背著大女兒越洋 facetime 我們，誠懇預告他想跟女兒求婚，希望得到我們的祝福，心裡開始有種很奇妙的情緒。

後來女婿傳來他精心策劃的求婚紀錄，看著影片裡的女兒笑了，我……我想起她的小時候……。

疫情讓原本計畫中的婚禮必須拆成好幾個部分，先登記、再婚宴，他們登記時，我們也到美國見證大女兒生命中重要的這一刻，心裡當然捨不得，但情緒上是平穩的。

登記後過了許久，美國疫情終於趨緩，小倆口要在加州宴客，挽著女兒步上紅毯的心情也完整記錄在專欄裡。

又過了半年，女兒女婿回台灣跟奶奶拜年，他們遵古禮，對著奶奶磕頭，我媽笑呵呵，而我腦子發熱，對著我媽猛講英文，這感受也記下了。

小女兒在我開始寫專欄時還是個不到十歲的小女娃，二〇二一年，她已經從大學畢業，雖然疫情正烈，老婆跟我決定必須飛去美國參加她的畢業典禮，打完兩劑疫苗、如臨大敵地上飛機，在加州陽光下見證了小女兒的大日子，接著老婆留在美國度假，我獨自飛回台灣接受十四天的隔離。

隔離到第十天，做夢夢到跟她們在一起，醒來寫簡訊給妻女，說我好想她們，當時覺得隔離太難熬了，尤其這天是十四天中最難熬的一天，但現在回頭看，眞沒什麼大不了，小事一樁。

另一個想像中很重要的關卡，意外地簡單度過，就是領到敬老卡。

一直以爲要到六十五歲生日當天才能領卡，後來發現其實月初就有資格，趕緊領了卡，拍照與妻女分享。

以前以爲領了敬老卡後，會覺得自己眞的就是個老人，從內而外地變老，沒想到眞領到手，感覺很新奇、很興奮，像得到一枚可以驕傲掛在胸前的生命勳章，各種優惠都在肯定自己前面六十五年爲了家人努力工作，活得很認眞、很精彩。而且能用半價搭高鐵，眞是太過癮了！還跟老友陳浩約好要一起用敬老卡免費搭公車、一人一邊霸占博愛座，享受《欸！我坐到哪裡了!?》的樂趣。

忽然發現這十五年來，專欄像是我的好朋友，任何時候他都在、都參與、也都記下了。也希望專欄能像各位讀者的好朋友，未來還要一起絮絮叨叨，一起體會生命中的酸甜苦辣，一起好好地過日子。

輯一

如果國父是直播主——看不完的哏，是戲也是人生

無力時，請鼓掌

大家都是同一條船的人，你的感受，我都懂；越可笑無力的現實，激發出越大力的掌聲。

週末《悶鍋出任務》舞台劇首演，大大成功，看著台下觀眾一波波如海嘯般的掌聲加上笑聲，心中很感動。

《悶鍋》系列作品以政治模仿諷刺出名，在電視上演出十年，但已經喊停六年，這次公演前一個月，所有票券售罄，我們一直好奇是什麼樣的觀眾可以愛悶鍋如此久、如此痴，還有他們到底偏藍還偏綠？

舞台幕起、經典角色一一登台，瘋狂換裝，結果不論藍、不論綠，觀眾們全大力給予掌聲，當阿扁說「我不愛錢」、小英說「這個國家」、韓國瑜說「發大財」、吳敦義說「我要選總統」，他們笑翻屋頂，這群人懂得苦中作樂，熟知政治笑點、也知無力感在哪裡。

這是個「孤臣無力可回天」的年代，我們全是孤臣，懷著極大的希望投票，然後反覆經歷希望破滅的打擊，可是民主沒有鑑賞期、更無法退票，這巨大的失落感，只能看看笑笑政治人物的糗事來解悶。我坐在劇場裡，發現迴盪其中的除了笑聲，還有種相知相惜的氣氛，大家都是同一條船的人，你的感受，我都懂；越可笑無力的現實，激發出越大力的掌聲。

這回悶鍋班底歸隊演出，不爲酬勞，比較像是一場家族聚會，透過演員們獨白，讓觀衆看看各角色底下的人生近況，也看到台灣言論自由開放之路。演出尾聲，郭子乾、九孔盛裝登台、相互擁抱，兩人簡單一句「三十年了！」徹底溫暖演員與觀衆的心。

他倆從《連環泡》開始，一路演喜劇、一路搞笑、一路模仿，三十年過去，依舊想逗觀衆哈哈大笑。悶鍋諧星跟名嘴、政客很像，都靠政治賺錢，卻都無法解決政治問題，但諧星比政客名嘴有用，因爲政客只會澆油，悶鍋則可以解悶。觀衆看完戲透過臉書告訴我們，「好奇妙喔！經歷瘋狂大笑之後，心裡有種很深很溫暖的感動！」

在此敬告買報紙廣告刊給小英公開信的四大老，認清現實吧！你們別以爲自己可以撼動時局，衆人皆是小螞蟻，如果不能帶給社會溫暖，起碼學學悶鍋，帶給衆人歡笑！

不一樣的眼神

因爲夠眞實、才能打動人心，「不完美」反而完美。

本週五，《聲林之王》將在 ETtoday App 播出第一季最後的冠軍賽，這節目是台灣本土第一個高成本製作的網路原生節目，已經在 App、YouTube 創下破億的點擊紀錄，這一路上，很多體會。

好比上週踏入健身房時，明顯感受到一同運動的小伙子們眼神特別親，他們開口就說，「偉忠哥，好好笑喔！」一個個紛紛笑了起來，連看我的眼神都不一樣，把我當哥兒們了！

我做了什麼？只是在《聲林之王》錄影現場，趁中場休息，大神附體走上台找明星聊天，突然全場燈光大亮，原來錄影還沒結束！我像老鼠見了光，狼狽縮回台下，主持人還點名「王先生，可以不要來攪局嗎！」讓明星評審全笑瘋了，羅志祥笑到差點趴在地上！這片段完整播出、真正糗大！

十年前的我一定拿出製作人魄力擺平，電視播出時會剪光所有出糗、穿幫，力求完美；但十年後做網路原生節目，剪接邏輯與電視完全不同，出動數十部攝影機，旨在捕捉「真實一瞬間」，因此我有預感這段會播出，結果不僅剪入，還加上特效，全場都被我「驚呆了」，當場我這「一代大製作」被打下神壇，反而讓身邊的年輕世代發現我這老頭居然會出糗，開始覺得我跟他們是一國的，眞妙！

瞬間恍然大悟，過去我們在媒體上造神，硬要修改藝人、政客的眞面目，花心思塑造「完美」，其實拉遠了距離；在網路世界，權威解構、神佛解體、網紅起底，訴諸根本，還是回歸初心，因爲夠眞實、才能打動人心，「不完美」反而完美。

很多政客想當網紅、卻卡在眞假虛實這關，進退兩難。

未來不可預測，但趨勢會更分衆，勢必不可能討好所有人，必須各擁所好。因此想在網路世界找到立足之地，不要老想著討好，裡表一致的人活得比較輕鬆。因此孫安佐現象就合理了，他即使在美國監獄，滿腦子還是「想看動漫」，對動漫忠貞到「監獄不能移」，怎能不讓動漫迷感動！當然，當他是一國的！

與理科太太一談

一定要與同業或異領域合作，透過合約載明權利義務，

任何功能都需付費，未來專業才會更值錢。

二〇一九年年初爲了當時出版的新書《半減卻》，常上媒體，包括接受爆紅的YouTuber「理科太太」專訪。二女兒是牡羊座，誰的意見都懶得聽，尤其不願follow我！但她卻是理科太太的忠實follower，愛看她用科普講故事，這專訪讓我在女兒心目中的地位略略提高一些。聽說，理科太太紅到檔期非常難排，連王金平都還在等！

以前錄影專訪一定在攝影棚，越豪華，代表媒體越厲害；但這天理科太太的訪問是在一間共享辦公室進行，我在南非、美國也參觀過類似場所，都不大、設備齊全，讓工作者不需耗費高額資金在硬體，更能專心創作。

理科太太酷酷的，穿著打扮不像媒體人，很像以前大學舞會時可以看到的理科系花，但我通常會找文科或是護專的女孩跳舞。

訪問時，她不急著丟哏，也不像文科人慣用感性訴求，講起話來很實在、很誠懇。除了打書，她還問我對於網路人進入傳統媒體的看法。

這讓我想到前同事秀秀，他做過《悶鍋》，六年前離開公司去網路創業，當時網路還弱、電視仍強，他光懂做內容、卻不懂該如何商業化，後來透過演講募資，製作短片《空姐忙什麼》，結果大紅，我也引以爲傲，更高興他紅了還記得回來跟我聊聊。秀秀說，現在面臨新挑戰，苦惱接下來該做什麼？該如何繼續創造金流？

我的經驗都老一套，但有些理念放諸四海皆準。「共享」是趨勢，任何網紅都不可能再開間大公司養一堆人，一定要與同業或異領域合作，拉入業務、法務、財務的人才，透過合約載明權利義務，因爲共享就不是幫忙，任何功能都需付費，未來專業才會更值錢。因此，上網紅節目當然應該要付費，不過理科太太沒收我錢，一定要請她吃飯表示感謝！

仔細一想，將來我這種有求必應、願意傾囊相授的老大哥也會大發，因爲跟我聊天，也得照表付諮詢費！當然，只要交情夠，還是可以免費，只是十五分鐘就能講完的事，得聽我講上三小時！因爲必須從歷史開始溯源，所以，還是忍忍吧！

連編劇都想不到的怪哏

好在我們的官僚超有戲。有心人只要翹腳等待，政府自然會出大包。

最近在同事大力推薦下開始看韓劇《指定倖存者：六十日》，主角是學者出身的環保部長，當總統與內閣在恐怖攻擊中集體死亡，唯一沒去開會的他，意外成爲代理總統，必須帶領搖搖欲墜的韓國政府度過危機。

這齣戲改編自同名美國影集，美國版的代理總統面臨全世界挑戰；韓國版則利用南韓上下普遍厭惡美國干政的情緒，聚焦美韓糾葛，讓不諳政治的代理總統一出場就周旋在美國、北韓之間，以菜鳥之姿在國際政治紅線上走鋼索，稍有不愼便會引發大戰。看得驚心又過癮，忍不住跟著入戲，甚至覺得改編版比美版更出色。

我覺得韓國是個精於「改編」的國度，樂於自全球取材，抓大架構，再摻入本土特色元素，整合出「有點眼熟」的韓國版行銷全球，從汽車、家電、手機到流行文化，都可以找到成功案例。當然，改編未必能超越原版，但只要成功一回，韓國就靠著這套「複製加韓味」打下市場。當日本還在針對日本市場推出可愛型偶像藝人，韓國偶像團早已瞄準全球，用性感打破疆界。想知道韓國流行文化在台灣的滲透深度，可以問問小學生，他們未必認識Jolin，卻都聽過、甚至會唱跳TWICE的歌。

倘若台灣也跟風想拍《指定倖存者》，該怎麼安排？首先，不管誰當代理總統，都不會跟美國作對，因為全民共識就是我們需要美國，美國是靠山，是我們的老大，無論美國做什麼，總統都會說「台美關係前所未有的良好」，這就是政府的態度，完全沒戲！

好在我們的官僚超有戲。台版恐怖份子不必費力在立法院埋炸藥，也不必在裡面預建防空洞，完全沒必要！有心人只要翹腳等待，政府自然會出大包。好比總統出國訪問，代表團順便走私／買超萬條香菸，滾出個大醜聞！還讓民眾發現華航裡的高薪好位子，竟然都是執政黨安插的。誰能想到光買個菸、就能激怒全民……真是連編劇都想不出的怪哏。

唉！台灣，真的不需要恐怖份子，那些吃人夠夠的自己人，比較恐怖！

迫降的愛

韓國民族性更是出了名的強悍，但幾經演變，南韓的流行文化卻如此輕巧好入口！

最近身邊不少朋友提起熱門韓劇《愛的迫降》，南韓大財閥公主駕滑翔翼，意外降落在北韓境內，居然跟北韓軍官談起戀愛！這齣虛擬戲劇讓南北韓關係丕變，過去雙方是涇渭分明的仇家，滲透、綁架、暗殺，層出不窮；後來進步到領袖可以微笑牽手同行，現在則儼然已經「兩地一家親」！所謂戲如人生，確實可以從這些影視作品中讀到南北韓政治氣氛的微妙變化。

南北韓向來是南韓很愛的影視題材，二〇〇〇年《共同警戒區ＪＳＡ》讓南北韓駐守邊界的士兵產生友誼，《偉大的隱藏者》讓北韓間諜金秀賢以傻蛋形象掩護真實身分、躲在首爾生活，現在《愛的迫降》集大成，拿兩地差異作哏，並以死去活來的愛情包裝，果然掀起追劇熱潮。

韓國的影視作品常取材自世界元素，帶些其他國家作品的影子，觀眾會覺得「咦？好像在哪裡看過！」但經過韓式流行文化重新包裝，調成可以進軍世界、跨越文化差異的大眾口味。《寄生上流》如此、《愛的迫降》也是如此。想想歷史上的高麗有多難纏，韓國民族性更是出了名的強悍，但幾經演變，南韓的流行文化卻如此輕巧好入口，確實耗費苦心、鑽研有成。

剎那間我明白了一個道理，南韓北韓顯然早就「喬」好了！北韓負責用核武、飛彈來威脅美國，掐住美國的脖子；南韓則專心發展軟實力，唱歌、跳舞、拍電影。當川普一直笑北韓金正恩是「火箭人」，南韓已經用《寄生上流》擊破好萊塢、奪得奧斯卡最佳影片等四大獎，以軟實力「超美」！所以，這絕對是兩韓共同擘畫的陽謀！

現實世界的高牆遇到幽默感，往往能化爲黑色喜劇的養分！

反觀兩岸卻遲遲不見類似作品，過去是禁忌，不能拍；後來開放交流，還是沒人拍；時至今日，北韓的玄彬可以帥氣爬廢棄礦坑到南韓見孫藝珍，而且爬了二十小時依舊帥氣逼人！但是台灣爸爸、大陸媽媽的「小明」，卻面臨沒有管道可回家的困境，因爲政治扞格以及對疫情的恐懼，讓兩岸漸行漸遠。看來再多的愛，也無法讓小明降落……。

找不到動詞

其實三字經、五字經、八字經都不難、套公式就好，動詞＋所有格＋親友＋器官，但關鍵在這所有格……。

有位仁兄，從極高的職務退休了，仍想做些什麼。

這種人很麻煩，曾經位高權重，外界更想知道他接下來到底擘畫什麼，怕他想再回高位。

美國高層退休就巡迴世界演講、遠離權力核心以策安全；韓國超高層的下場超悲慘，不是入獄、就是自殺，極少數能安養天年；馬大九的前任則遭判刑，但還能安居家中當網紅……。

這些前車之鑑讓這位仁兄想走不一樣的路。他眞心想跟民眾溝通，拍過兩支短片試水溫，當一日店長賣書、一日外送員送餐，點擊都破百萬，民眾很喜愛，於是他想著……也許可以轉型當 YouTuber！

做一行、像一行，他潛心研究目前熱門 YouTuber 內容，有人靠專門罵國罵出名，儘管他自稱「溫良恭儉、不讓」，再「不讓」，眞要他當眾罵三字經，支支吾吾，還是罵不出口。

其實三字經、五字經、八字經都不難，套公式就好，動詞＋所有格＋親友＋器官，但關鍵在這所有格，罵「我的」沒道理，但罵「你媽的」甚至「你祖嬤的」眞會傷感情，所以善罵者往往罵「他的」，好比 X 他媽的 X！多響亮！可是這第一個動詞該罵什麼？這位仁兄琢磨良久，最後決定……還是走其他路線！

網路第二熱門話題是「破處經驗」……，他想，七〇年代的情事，眞有人想聽嗎？

還沒談破處，這位仁兄就「紅」了，因爲他指出對手的戰略是「首戰卽終戰」，當局說他唱和中國，網軍集體圍攻，網路聲量破表。

這下更悶了，他可是海軍陸戰隊出身，至今聽國歌會流淚，始終覺得兵者，不祥之器，能不用就不用！而且這戰略說法出自二〇一八年國防部智庫報告，結果他反被凹成賣國賊！

有人安慰他，時代不同，但美中台三方始終是心理戰，無論誰執政，都討厭有人點破眞相！好比空軍中將兼華航創辦人衣復恩在回憶錄中提到一九六六年曾跟美國友人談起「反攻無望論」，應該專心建設台灣，立刻被關。朋友安慰他，這回你沒被關，算好的！

這位仁兄聽完，忍不住說一聲「幹！」

太好了！他終於找到動詞了。

（本文爲脫口秀台詞，請勿對號入座）

如果國父是直播主

如果我們也能透過相同設備，把直播設備轉給前人，不知道歷史會怎麼變動？

六年前第一次看ＢＢＣ影集《黑鏡》，首相爲搶救被綁架的公主，不得不接受綁匪威脅、在直播中與豬發生性關係……，看完驚覺編導預測未來影視世界的光怪陸離，眞會讓觀衆瞠目結舌！日前館長遭槍擊，躺在路邊開直播呼籲大家傳承他的精神，頓時發現，「黑鏡」早在眼前。

近日跟朋友聊起此事，有人覺得太可怕了，不過是小小恩怨，何必痛下殺手？電視台反覆播出監視器拍到的槍擊畫面，相形之下，美國媒體在警察槍殺佛洛依德引發全美暴動後，明顯收斂許多，像這回報導威斯康辛警察開七槍，電視台刻意剪掉受害者中彈段落，正因影像太聳動，守門人必須更謹慎。

但新媒體讓守門人失效，凡電視不能播的，就自己開直播，結果大家都住進「楚門的世界」。即使直播主、網紅、YouTuber各有各的生意經，但他們都要挖空心思加料、好讓內容更具吸引力。但也有人說，這回看到館長驚悚直播，竟然「沒什麼感覺」，可能是生死大事一旦放在直播鏡頭裡，難免讓觀眾一陣頭昏；倘若生死都能直播，未來還有辦法「更鹹」嗎？

一九八三年克里斯多夫華肯主演的電影《尖端大風暴》，科學家戴著能下載視網膜記憶的設備步向死亡，這段死後視覺記憶變成眾人搶奪的寶物。將近四十年後，試想如果有人能用VR設備直播死後世界，想必會轟動全球，而且這並非異想天開，未來或許成真；就好比有句俏皮話說，「想問外星人在哪裡？看英國八卦小報就知道。」現在還能加一句，「想問人類新媒體未來會怎樣？看《黑鏡》影集就知道。」

諾蘭的電影《天能》讓未來傳送毀滅世界的武器給現代人，如果我們也能透過相同設備，把直播設備轉給前人，不知道歷史會怎麼變動？

好比國父孫中山先生，想必會善用直播到最後一刻，對鏡頭說出「革命尚未成功、同志仍須努力」，最後還要說七個字，「革命、奮鬥、救中國」，啊卡卡卡！未來影視直播站大喊，最後三個字，現在政治不正確！改改再來好嗎？啊？……來不及……。

人生一定會遇到的事

當明星、名人身上光環消失，該怎麼面對曾經風光的自己？

因此有人說，失意才能看出真實人格。

有人說，世上最慘的人，就是下台的美國總統，畢竟曾獨掌全世界最高權勢，退休後格外空虛；這處境不就跟我們二〇二〇年十二月初在高雄演出的舞台劇《明星養老院》一樣（對，置入性行銷）！當明星、名人身上光環消失，該怎麼面對曾經風光的自己？

人在江湖，必須養成隨時左右看看、前後瞧瞧的習慣，因為興衰起伏總在瞬間來襲。

像網紅發表影片指控某公司找他談動畫配音工作、談好卻又取消，讓他祝福該公司「倒閉」、還要超過六十歲的高層可以離開這個世界……，他的情緒，只要嚐過失意滋味的人都能理解，但暴怒時眞不宜多言，因爲圈子轉來轉去都遇得到，不分青紅皂白亂揮大刀，會讓曾拉他一把的人心寒。

人生這麼長，一定會遇到失意。好比我們辛辛苦苦把節目做成了，主持人讓人挖走、製作班底讓人挖走，甚至還發生過整個節目都讓電視台給挖走！氣極敗壞卻只能忍！難道要訴諸媒體或惡言相向嗎？其實此類偷梁換柱事件層出不窮，宣揚出去只會讓外界更瞧不起這個圈子，唯一能做的是要求自己絕不如此對待合作夥伴，相信良心才是最好的枕頭。

因此有人說，失意才能看出眞實人格。好比美國前總統吉米卡特，總統任內被譏爲弱勢總統、花生農夫，退休後投身當木匠，在世界各地當義工、蓋房子，至今高齡九十六還是樂此不疲，也贏得世界敬重。

新當選的美國總統拜登也是失意專家。他從小口吃，歷經嘲笑終於矯正，二十九歲就當選參議員，可是同一年，妻子與幼女卻在車禍中喪生；他一輩子參選過三次美國總統，前兩次初選就落敗，這一回也沒人看好他，疫情卻讓七十七歲的他脫穎而出，選民寄望他成爲「療癒總統」，療癒疫情後的全民傷口。

目前還不知失意的川普會不會接受開票結果，但這次美國選舉讓我看清一個事實，台灣根本沒有總統，美國總統就是台灣總統！讓我真有點不服氣，決定教美國女婿用中文喊我爸爸，這樣我就是「美國人的爸爸」！……不阿Q一下，眞活不下去！

兄弟登山

他們一同出發，現在一個人住左邊、一個人住右邊，兄弟登山、各有體會，人生沒有白走的路。

週六一早打電話給納豆，告訴他我有直覺，這回會得獎。十六年前我們的編劇謝念祖介紹北藝大學弟林郁智前來一談，看他又矮又胖、神情憨厚，絕非偶像的料！但心中一驚，影劇圈有種傳奇人物，身材五短、看起來人畜無傷，不僅會紅、還能紅很久！好比香港曾志偉、台灣胡瓜！二話不說，直接讓他加入我們的情境喜劇《住左邊住右邊》磨練，在阿 Ken 身邊演沒什麼台詞的壽司店學徒，名叫「納豆」。

後來納豆二字竟成他闖江湖的藝名，而且他的「人畜無傷」果然受歡迎。人緣好、觀眾緣好、異性緣也很好，好像成天在玩，卻累積不少作品。我看了他與許冠文主演的《一路順風》還有《大佛普拉斯》，發現他擅長吃便當跟走路；能吃得像他這麼生活、走得像他這麼道地，連他演的失敗都特別失敗，難！因此金馬當晚看到「納豆」二字出現在得獎名單上，過癮！

跟納豆搭檔的阿 Ken 是另一種類型。他比較文青（憤青），在加拿大學電影、紐約學舞台劇，滿腹專業、對表演很有想法，而且談戀愛絕對不告訴別人！他扮的國台辦女祕書眞是一絕，還有人讚譽美貌直逼邱議瑩。近幾年阿 Ken 專心籌拍電影，好不容易完成《練愛 iNG》、上映卻遇到疫情最高峰……。兩週前，約他去紅樓看毒舌小天后龍龍的脫口秀，除了肯定他爲電影付出，也鼓勵繼續執導，爲他加油打氣。

他倆搭檔時、觀眾常投訴阿 Ken 怎麼老欺負納豆，阿 Ken 只能喊冤，因爲角色設定就是 A 欺負 B，他能怎麼辦？後來兩人合作仿效古巴革命家格瓦拉的《摩托車日記》，拍攝過程吃了不少苦，也培養出兄弟情。他們一同出發，現在一個人住左邊、一個人住右邊，繼續在表演的路上各自努力。

有人說影劇圈裡的人，看別人的失敗會比自己的成功還開心，我知道他們兩個不是這樣，兄弟登山、各有體會，人生沒有白走的路。況且天下風水輪流轉，上台上街轉瞬間；你看，勞工專屬的秋鬥街頭，不就出現了台灣首富蔡旺旺……，值得玩味！

嚴肅中找喜劇

中美會談安排講「FXck」最具韻味的演員山繆傑克遜當實話翻譯官，每句話都 F 開頭，更能傳達雙方真意！

週末看歌舞劇《I Love You, You're Perfect, Now Change.》，四個台灣演員以英文演出，精彩到位，往後不必出國也能看到原汁原味的外百老匯好戲，深感慶幸。

英文好，很多場合都用得上。

上週有對夫妻朋友看中美會談，老公說中國經過辛丑條約、列強壓迫，一百年後終於能用大白話「中國人不吃這套！」打臉老美，可惜負責翻譯的小趙薇太文雅，根本應該拍桌直翻「We Chinese don't give a shXt about this！」老婆則說，外交講究細膩，哪能這樣！況且台灣安全還靠美國撐腰，你認知失調啊！兩人吵了起來。

雙方跟中美一樣，各有立場；即使這麼嚴肅的對話，我忍不住想加點料，找人翻譯成實話，就能當優質喜劇看。好比美國國務卿布林肯說，「如果不是遵循基於規則的秩序，這個世界將變成……更加暴力的不穩定世界。」身邊的實話翻譯就說，「我，就是規則！」

中方說，「合作對雙方有利，特別這是世界各國人民的要求。」實話翻譯要說，「想圍堵？你睜大眼睛瞧瞧，你的樁腳都結結實實改抱我的大腿了！」而且必須安排講

「FXck」最具韻味的演員山繆傑克遜當翻譯官，每句話都F開頭，更能傳達雙方眞意！

經過中美會談，政治圈網紅化更進一步。拜登口中雖說「美國回來了！」不停高峰會，想加強國際合作；卻又公開說俄羅斯的普丁是「失去靈魂的劊子手」，大老粗普丁恭敬回覆，「祝拜登身體健康！」結果拜登老先生隨即跌了三大跤，變成迷因熱門圖。

國際局勢嚴肅嗎？處處皆喜劇！而且台灣絕不缺席，任何議題名嘴都能選邊對罵，只是某一邊名嘴得到執政黨豐沛奥援，另一邊人數就像台灣水庫，越來越見底了！

我這對夫妻朋友後來總算達成共識，他們聊到布林肯打電話給巴拉圭總統，告訴他不要擔心疫情，如果缺錢，可以找「民主伙伴」台灣！兩夫妻同聲幹譙布林肯良心被狗啃啦！什麼餿點子，巴拉圭疫情關台灣什麼事，我們才不吃你這套！走筆至此，彷彿聽到編輯台傳來神祕之聲，「你這個不入流的喜劇人，我們才不吃你這套！」

華人圈裡的猶太人

楊正濃導演說，在台灣身為陸生當然受過冷言酸語，但他不介意，因為拍片讓他體會到很多事情只是「不理解」，才生成見。

最近看紀錄片《日暮歸鄉》，重現六位老兵從一九四九年來台、到一九八七年終於返鄉的過程與心情。鏡頭下八十多的高秉涵老先生像耶誕老公公一樣往返兩岸，把上百位老兵骨灰交給大陸親友，送他們葉落歸根；還有金士傑的百歲飛官老爸金英拿出當年在印度拉合爾（現為巴基斯坦）受訓時，英國人送他的過膝長毛襪，臉上笑得跟孩子似的；看著傅娟的爸爸、歐陽娜娜的外公年少時帥氣逼人的照片，才知他身為孫立人部屬遭遇白色恐怖……，再不記錄下來，這些故事真要隨風而逝了。

不過導演楊正濃跟這些老兵一點關連都沒有。他是來台灣讀研究所的陸生，紀錄片是他的畢業作品，最近他跟台灣女孩結婚，身分變成了「陸配」。這位陸配導演用他的角度看老兵，更顯獨特。

導演說大陸這邊認爲這批老兵是因爲人民不願挺他們，才會在一九四九年跑來台灣，普遍沒有好感；直到拍片才眞正認識他們，理解他們的生命。楊導演說，在台灣身爲陸生當然受過冷言酸語，但他不介意，因爲拍片讓他體會到很多事情只是「不理解」，才生成見。

當年過海而來的兩百萬大軍，現在只剩一萬多人，第二代、第三代若不特別提及，沒人分得出本省與外省，但「外省」在台灣政壇是原罪，又是黨產又是轉型正義，動輒尷尬。難怪有人說「外省人」就像華人世界的猶太人，格格不入地嚮往著應許之地。現在老兵凋零，但「猶太人」的尷尬身分有新人接班，就是台商。他們人在大陸辛苦打拚，台灣當局不相挺，「小明」問題猶在，現在甚至禁止人力銀行刊載大陸工作職缺，尷尬啊！就像這部紀錄片主角雖是台灣老兵，卻跟小鮮肉許光漢主演的賣座新片一樣，得抽到每年十部的陸片配額，不然在台灣無緣上映。

一直尷尬也不是辦法，這批華人世界的猶太人應該仿效以色列，找塊應許之地勵精圖治，開創一番新局面！至於哪裡才是應許之地呢？……東沙群島頗合適，起碼這裡應該不會有人奚落說，「外省人又回來了！」

藝人的人生

藝人的喜怒哀樂、愛恨情仇，永遠與他人有關。

上週幾則藝人新聞，全民矚目。賈永婕在短短三天之內募款，採購三百多台氧氣鼻導管全配系統到各大抗疫專責醫院，緊急補足醫療缺口，出色的辦事能力與救命如救火的善心，振奮全台。

她十八歲在台北之音實習時就如此，勤快、能幹、爽朗也漂亮，很知道自己要做什麼；後來當藝人、做婚紗，都面面俱到，把合夥人當家人照顧。原本不會游泳，但經過人生重大轉折，激勵她學會游泳還成爲三鐵高手。我開玩笑對賈永婕說，妳根本就是台灣的神力女超人，腿長手長、濃眉大眼，危機來臨，瞬間換上泳裝就能衝鋒！

另一方面，醫界老好人許金川教授主持的好心肝診所爆出疫苗風波，牽連到藝人。許P是台灣肝病防治權威，救人無數，常邀藝人做公益，讓肝病防治親切些。這回打疫苗名單曝光，列名其中的文化人尚能寫文章講內心話，直指問題核心就是疫苗嚴重短缺；藝人則只能道歉，力求迅速止血。

論起對社會提供的服務，藝人眞不比文化人少，但出了事，藝人深怕失言，寧可認錯，但攻伐至今不休。

想起我媽當年叮嚀一則做人方針，就是「官」字兩張口，一口捧你、一口咬你，囑咐我未來若遇到大官，務必「叫得親一點、離得遠一點」，這道理至今有效。只是當年要求模仿政治人物的藝人千萬不能跟本尊同台，甚至站台，不然往後拉不開距離，無法有趣爲民調侃。可惜，忠言逆耳！

話說回來，不知道有沒有藝人出身的立委諸公，可以挺身幫藝人說說心聲……咦？有人啊……。

有句話說「人生是自己的，與他人無關」，一般人確實可以如此寫意看待，但對藝人來說，他們的人生不論喜怒哀樂、愛恨情仇，永遠與他人有關。

讓ＡＩ機器人當偶像吧！

想當群衆的意見領袖，就可能莫名其妙惹到群衆，若眞想受萬人喜愛又不踰矩，遲早得靠ＡＩ當偶像。

最近演藝圈掀起幾番巨浪，至今餘波未平。平心而論，檯面上的偶像明星都是人，都有七情六慾，想當群衆的意見領袖，就可能莫名其妙惹到群衆……，尤其兩岸之間特別微妙，若眞想受萬人喜愛又不踰矩，遲早得靠人工智慧（ＡＩ）當偶像。

虛擬偶像已經出現一陣子，日本的初音未來紅到可以開世界巡迴演唱會；美國的虛擬網紅Miquela在ＩＧ追蹤者高達三百萬，大品牌頻頻找她合作。但他們的虛擬只在外表，內在還是靠人在幕後操控，若眞能培養一個ＡＩ擬眞機器人當偶像，能唱、能跳、能受訪、能對戲，就太有趣了。

這ＡＩ偶像有幾個條件，首先外表必須貼近眞實，長相要迎合時尚品味，漂亮、卻不能太漂亮，不然看起來就是個假人！各位可以參考Miquela的小雀斑與牙齒縫，有小缺陷反而看起來比較眞實，幫助觀衆對偶像建立連結、產生共鳴。

內在則要建立龐大的資料庫。能唱能跳就必須懂音樂，ＡＩ偶像最好能作詞作曲，可以重組但絕不能抄襲。當演員則要輸入莎士比亞、中外電影以及熱門影集、連續劇，只是當ＡＩ偶像學會《教父》之後，就能成爲令人又愛又怕的麥可柯里昂嗎？

眞正複雜的是文化，要讓ＡＩ偶像說話流利不難，但內容必須幽默有料，不能只有裝傻賣萌，這需要深厚的人文基礎。但輸入的歷史資料絕對不能僅一家之言，必須蒐羅各地不同版本、甚至互相扞格的歷史記載，才有機會讓ＡＩ稍微理解人類的矛盾與禁忌，不至一腳踩在地雷上。尤其建議想遊走兩岸的ＡＩ偶像，一定要記得開啟「多元史觀」保護功能。

但一尊完美的ＡＩ機器人偶像眞能滿足觀衆需求，讓大家從此過著幸福快樂的日子嗎？……不！只會讓觀衆無聊！就像大自然有高山、有低谷，人們更享受偶像的跌宕起伏，無論是他們一飛沖天的過程，或是一敗塗地的速度，都能讓觀衆指指點點、異常興奮，看來人性確實有缺陷。換個角度看，我們不也是老天的ＡＩ產品，祂正用這些照妖鏡來檢查我們的配方裡到底還藏有多少 Bug 呢！

李行，踽踽獨行

也許正因經歷過生死關卡，會讓人想在新世界留下些記號，好比李行導演留下對電影的熱情，或是他拄著拐杖挺直的背影。

最後一次看到李行導演是在東區街頭，他一人拄著拐杖踽踽獨行。上前問候，閒聊兩句，看著他挺直的背影，溫文氣質依舊，一陣感動。

李行與我父母這代都是逃難來台灣的難民，跟現在的阿富汗難民一樣，前途茫茫不可知。我爸從北京到嘉義機場繼續當小兵，養大我們一家人；李行導演則讀師大、當老師，因爲愛演戲，從話劇演到電影，後來當上電影導演。

我輩從小看李行電影長大，都記得《汪洋中的一條船》、《養鴨人家》等片，其實他當導演的第一部片是轟動一時的台語喜劇片《王哥柳哥遊台灣》；可李行是上海人，根本不會說台語，爲什麼會拍台語片？又怎麼指揮矮仔財這些台語演員演戲？

細究原因，才知一九七〇年之前台語片風行，一個國破山河在的難民孩子進入新世界，也不管逃不逃難了，總之就是盡心盡力學習、認眞誠懇地做到好，努力融入其中，就算語言不通也擋不住他的才華與想拍電影的心！不只王哥柳哥遊台灣，李行也跟著遊台灣，觀察本土、拍攝本土，就這樣一部一部建立起自己的電影世界。

李導演在電影圈地位崇高，有一年他老先生親自拄著拐杖出現在我們辦公室，誠懇拜託我們製作金馬獎頒獎典禮，讓我們非常感動！他對新想法、新點子都給予支持，完全信任我們，更親自出面解決很多難題，能有機會與這位從小熟悉的電影大師合作，是我們創作生涯中的莫大榮譽。

李行對電影熱愛不已、無役不與。最後這次東區偶遇，他說正要參加某部電影首映，還說，「能做就做、能去就去！」八、九十歲了，還是願意幫後輩加油，令人如沐春風。

時間是相對的概念，逃難很短，但這短短幾天的瞬間，卻足以讓人生就此改觀。也許正因經歷過生死關卡，會讓人想在新世界留下些記號，好比李行導演留下對電影的熱情，或是他拄著拐杖挺直的背影；許多網紅在一波波的網路代謝瞬間也想留下點記號，讓人記得他曾來過，好比博恩就留下了顛覆的訪談節目，還有「屁股飛機杯」。

給功課

人們做戲，是因為心中有想說的話，而且非說不可。

週末觀賞全民大劇團舞台劇新作《丞相，起風了》，看完接到團長謝念祖來電，要我「給功課」。

「給功課」是劇場用語，排練或演出後，演員與工作人員圍坐一圈談戲裡該注意的事，該調整就調整，下回演出就能看到奇妙變化，激發不同火花。

《丞相，起風了》的功課難給，一方面是去年我已卸下全民大劇團監製身分，加上這功課雖因演出而生，其實早已啟動。

十多年前念祖與我一起做《悶鍋》系列諷刺節目，我們每天談新聞、寫劇本，開錄，十多年來日如此。有些人恨我們入骨，因爲我們完全不聽指揮，用幽默破解各黨派刻意堆砌的政治造王術，權威人士被卡通化爲一個個搞笑角色。後來因爲政客已經比搞笑角色還離譜，節目才喊停，但政治諷刺早已入我們的骨血。

《丞相，起風了》語出三國諸葛亮借東風，代表局面就要改變了，講有心人如何操控大量網路假帳號來擴大聲量，進而重塑大眾認知。

演後念祖上台分享心情，他說全民大劇團的戲都取自生活：做電視太苦，有了創團作《瘋狂電視台》；家有婆媳問題，醞釀出《當岳母刺字時……媳婦是不贊成的》；去年四月他們在網路推出陳時鐘版的《中央藝情指揮中心》分享藝文資訊，瞬間被三十萬假帳號網軍攻擊，影響之大，連同仁去郵局寄個信，櫃檯看到寄件人是全民大，都勸他們「不要再欺負陳時中了！」

這波滅頂大浪嚇壞他們，但他也知道，總有一天會爲此做齣戲。

人們做戲，是因爲心中有想說的話，而且非說不可。就像梅莉史翠普曾說表演就是「把椎心之苦，化爲藝術」。我知道這戲的來龍與去脈，但也知道寒蟬效應發酵了，因爲劇本講網軍，卻迴避背後操控假帳號的政治力量，代表這波大浪已經淹到靈魂高度。

相信念祖知道這回功課內容，而且相信有一天，他會把深埋在骨血裡想說的話，一股腦兒地說出來。

水塘旁放個水深危險的警告標誌，沒人敢跳，是一種危險；另一個水塘旁明明放著安全標誌，卻沒人敢跳，是一種極深、極深的恐懼。

親切感

台灣特色該怎麼運用？走別人不敢走的路，有敢想敢做的人，還是很重要！

韓國《魷魚遊戲》全球暴紅之後，有人問「台灣魷魚在哪裡？」

這題目可大可小，台灣努力經營華語流行文化，想藉此當跳板、進軍全球；但兩岸關係不佳，加上對岸不鼓勵花美男、電玩、圈粉、選秀等，形同將華語市場削去一大塊。

這時看到韓國靠《魷魚遊戲》拿下各國收視榜首，是天大好消息，代表以前鐵板一塊的歐美觀眾開始接受上字幕的異文化節目；養成新習慣之後，我們也能放眼全球。

身爲製作人的我最敬佩《魷魚遊戲》克服疫情，採大量棚內拍攝，而且畫面變化多端、不覺單調，加上用小孩遊戲當主軸，觀衆輕鬆看懂，不必費心分析這齣戲跟電影《飢餓遊戲》或綜藝節目《Running Man》的雷同，或與史丹佛大學「監獄實驗」的關聯，編劇更不必賞善罰惡、檢討殺戮四百多條人命的後果，眞是太敢了！韓國越做越敢想像，拚出大格局。

這成果當然與韓國政府一九九五年獎勵流行文化、二〇〇九年統整成立文化內容振興院，以及OTT跨國平台日趨成熟有關。我們也有文化部與文策院，也積極推動劇本與影視製作，但台灣特色該怎麼運用？想起多年前跟趙正平的一段對話。

我們一起做戲多年，趙哥這人亦正亦邪，說起話來有種獨特「氣口」，後來走向幕前，果然大受歡迎，從通告咖變成演員。

當年我覺得他的特質搭配豐富的電視經驗，很適合走別人不敢走的路，應該去拍高品質成人片！他光敢笑，不敢做。十幾年過去，我說當年想找他走的路，日本人敢走，還拍出影集《AV 帝王》；他說，現在台灣也敢，已經出現台灣版的成人片。

創作的關鍵就在敢不敢想。

好比成人片內容翻來覆去都同一套，波多野結衣再美，還是一樣的招數與一樣的「家私」，看多會膩；但現在女主角是台灣人，呼吸之間帶著台灣「氣口」，就比其他作品多了濃濃親切感。即使文策院不可能投資也不可能鼓勵成人片，但有敢想敢做的人，還是很重要！

只是萬萬沒想到有人敢偷名人的臉合成到 A 片女優的身體上，這未免也太敢了，敢到……直接關起來！

熟男的兩大痛苦

我們這些熟男沒有007已經夠慘了，連三宅一生都不出男裝，未來要上哪找寬鬆有型、線條浪漫又非西裝的衣服？

上週等老婆完成十四＋七天的隔離，立刻一起朝聖《007生死交戰》。

小時候是《金手指》帶我認識007與史恩康納萊，主題曲中他轉身開槍，一槍打進我的心扉，怎麼有人能長得帥、有最新武器、開名車到處玩、擁有殺人執照、到處交女朋友還不必負責，多好！回家立刻用童軍繩把玩具槍捆在身上，隱入巷中尋找魔鬼黨。長大後第一次喝調酒，當然點Dry馬丁尼，也是爲了007。

所以當電影裡的炸彈落在007身上，猛然覺得一部分的我也跟著爆炸，雖然這是早晚的事。

過去剛強雄性是主流，每次更換007主角，簡直比換美國總統還引發全球關注；現在為符合政治正確的性別種族比，007也要滾動式管理，M的女祕書不再是白人、研發武器的Q是同志、007接班人成非裔女性。

當世界大戰只需按鈕，英雄主義注定落幕，於是無人機取代殺人執照，英國脫歐不再是強國，過去總毫髮無傷的007，這回臉上會髒、渾身是傷，而且同行多到不像話，湯姆克魯斯、麥特戴蒙、金牌特務狂踩線，想拯救世界還得排在漫威宇宙後面，007保證能贏過他們的，只剩主題曲。

英雄殞落日、「魯蛇」翻身時。週末看嚎哮排演在水源劇場的《凶宅III：終菊之戰》，主角蕭東意以「匿名者」短片在網路爆紅，他與黃建豪、楊宗昇、張語歡、張天霓描繪當代躺平族的生活，這群人不必拯救地球，能面試到工作、拯救自己就好。同樣製作喜劇，我們這代想諷刺社會、影響輿論，但東意這代再也不需要以國家興亡爲己任，因爲沒這必要！嚎哮在喜劇領域努力十年，廢得超好笑，照樣滿堂彩，是我們這些「007們」想像不到的世界。

在朋友派對上巧遇好友姚仁喜大師，恭賀他夫人的《傳家》出英文版，萬古流芳，還聊起007。姚大師說，好難過，007謝幕是他今年疫情外的兩大痛苦之一，我問那另一個呢？他說，三宅一生不出男裝了！語畢，兩人大笑，但內心都在淌血。我們這些熟男沒有007已經夠慘了，未來要上哪找寬鬆有型、線條浪漫又非西裝的衣服？痛啊！

比親家還恐怖

婚姻很難，每一對夫妻都有難題，兩岸聯姻更難，
在婚姻路上有太多事情不由自主。

週末金馬獎落幕，電影人齊聚一堂，新人輩出、才華耀眼，是圈內盛事。但想想金馬會是兩岸三地甚至全球華語電影角逐的主戰場，讓不同制度下的電影人有機會交流，典禮結束還能一同把酒言歡、暢談徹夜，眞是精彩！只是在疫情與政治雙重影響下，近年的金馬少了些切磋機會，有點可惜。

這讓我想起最近一部改編自眞實外交事件的韓國電影《逃出摩加迪休》。一九九一年南北韓爭奪聯合國席次，想盡辦法討好所有可投票的會員國，分別去非洲索馬利亞拉關係，明爭暗鬥不斷。偏偏索國發生內戰，北韓使館先被攻破，只能逃到南韓使館求救，南韓接納之後，也被攻破，所有人擠上四輛車，用書本、沙包塞滿車身來防彈，開去義大利使館求救。儘管南北韓是仇敵，但在巨大危機之下，雙方回歸人性，不僅自己要活下去，還想方設法讓對方也能活下去，極爲動人。

看完電影，自然而然想到兩岸。政治、疫情加上網友與網軍，壓縮兩岸之間的人性空間，無法同情、同理。政治圈不來電就算了，現在連電影圈都斷了交流，隔離至今，連大S與汪小菲都分開了。

婚姻很難，每一對夫妻都有難題，兩岸聯姻更難，在婚姻路上有太多事情不由自主，已經不是婆媳問題、親家地雷可以解釋。多少兩岸夫妻就像大小戀一樣，受到疫情、隔離、政治以及認識的、不認識的摻合其中說三道四，每個難題都像條線綁住他們，牽動其中任何一條都會加深勒痕，異常辛苦。

當然，疫情之下人人都苦，逆境代表天機暗示必須改變，有危機感、就還有救，一如南北韓外交官在危機中隨機應變，也改寫命運。

二〇二一年金馬也求新求變，演員林柏宏當主持人是創舉，因爲年輕觀衆期待不一樣的呈現。我們身爲觀衆，當然希望本土電影題材能夠更恢宏、更勇敢、更有國際觀，能給新人更多出頭機會；只是有點不懂，政府公廣集團管理的華視，爲什麼會在八點檔黃金時段播出韓劇呢？難道是爲了讓台灣觀衆增加一點國際觀嗎？這，就不得而知了！

養在酒瓶裡的苦瓜

看著瓶中的苦瓜，我們不也是這瓶中的苦瓜？

從小就養在瓶子裡，久了，就習慣了，甚至不去追問這個環境不是很怪嗎？

前一陣子聚餐時看到一瓶很特別的高粱，窄長瓶身裡竟有一整顆苦瓜！朋友們嘖嘖稱奇，討論這麼大的苦瓜是怎麼放進去？派對主人覺得苦瓜坑坑巴巴的疙瘩在酒裡看起來放大變形，根本不敢喝，好奇心旺盛的我立刻拿家傳陳年大蒜高粱酒交換這瓶怪酒，想嘗嘗到底什麼味。

開瓶後發現這酒眞妙，苦瓜苦、高粱烈，但兩者相加之後，苦中帶烈反而清香，非常出色。到底是誰發明這麼奇怪的配方，還不辭辛苦把小小苦瓜養在空瓶裡，長大才往瓶裡加高粱酒，跟日本養在白蘭地裡的大蘋果概念相似，但能把苦味化爲清香，更高一籌！

飲著好酒，仔細看著瓶中的苦瓜，忽然有點感傷，我們不也是這瓶中的苦瓜？從小就養在瓶子裡，久了，就習慣了，甚至不去追問這個環境不是很怪嗎？未來會變好嗎？反而緊盯外界種種離奇的新聞爆料，渾然忘記身邊的危機。

看到李奧納多的新片《千萬別抬頭》，恍然大悟名言「危機就是轉機」的眞實意義，原來不分東西、人同此心，別人的危機，就是有心人的最佳轉機。

在《千萬別抬頭》裡李奧納多飾演天文學家，觀測到天空出現一顆會撞上地球的彗星，總統梅莉史翠普聽了他的簡報哈哈大笑，不放在心上；他不放棄，跑去上訪談節目發布警訊，又被酷愛八卦的主持人當成假新聞來取笑；如果在台灣，主持人應該會問，「你說彗星撞地球，那不是當年張菲主持的節目嗎？」

可是沒隔多久白宮卻大肆示警，原來總統爆發醜聞，需要彗星危機來轉移媒體焦點，總統還喊口號「千萬別抬頭，往下看！」既然危機已經大到無法解決，那就「活在當下」吧！

好熟的套路，就像現在所有政策都以勝選爲唯一考量，眞有問題、等選完再說。等啊等、等啊等，等睜開眼，眞看到彗星越來越大，越來越大，已經完全來不及了。

在電影最後，李奧納多終於跟好久不見的家人聚首，共同吃最後一頓晚餐，……螢幕前的我瞬間茫然，舉起酒杯，陪他們喝了一杯苦瓜酒！

笑聲值多少？

演講不課娛樂稅！表演只要觀衆配合不要笑，搞不好還可以免課娛樂稅！

可是，倘若觀衆全程不笑，誰還想做表演啊！

最近新聞圈的老友感嘆新聞專業不值錢，因爲畢生單靠一枝筆，站在執政者的對立面陟罰臧否，樹立報人風範，可這風範跟某新設電視台顧問一百五十萬月薪相較，眞他（省略二字）不值錢！

他們唏噓的不是薪水高低，而是「新聞專業」毫無價值。說穿了，新聞自由只是頻道資本遊戲的化妝品，國內新聞頻道還不夠多嗎？為什麼給這家不給那家？拿到之後，幕後出資股東搶成一團，蔚為奇觀。朋友說，化妝品就化妝品，還守什麼名節！

身為新聞系的逃兵三腳貓，我很敬佩這些仍保有敏銳新聞批判能力的老記者，他們的感嘆格外讓人心疼。因為現在媒體一多，記者也不值錢了。在這盤遊戲中若不放下立場隨風起舞，跟著強勢媒體配合政府賺錢，還眞沒法養家活口，得要想辦法另闢蹊徑。

上週末去看博恩的《三重標準》，發現年輕人的想法眞不太一樣，他在這樣的環境底下，確實創造出另一條路。

博恩過去以脫口秀出名，這回想做演講，因為演講不課娛樂稅！他開出名為演講的售票節目，還隨表演販售演講專用空白筆記本而不是節目單，結果台北市稅捐處說，娛樂稅法規定觀衆可獲得放鬆之娛樂效果，就要課娛樂稅，所以他讓觀衆笑、讓觀衆放鬆，必須繳稅。

博恩化抗議爲節目內容，猛批政府與社會的種種雙重標準，讓滿場觀衆笑得前俯後仰。他不靠媒體、不靠標案、不改立場，確實以聰明且獨特的作法創造未來，讓自己生存得極好，還記錄了一個時代。讓我想到林肯總統名言，「預測未來最好的方法，就是創造未來。」（The best way to predict the future is to create it.）

對了，因爲是演講，博恩全程使用ＰＰＴ的簡報軟體投影，雖然一人獨撐全場九十分鐘，卻完全不會有忘詞的焦慮，對演員來說，眞是一大解脫！未來愛忘詞的周華健也可以「演講」，歌詞直接做在ＰＰＴ裡，再也不必因舞台上藏滿提詞機而汗顏，只要觀衆配合不要笑，搞不好還可以免課娛樂稅！

可是，倘若觀衆全程不笑，誰還想做表演啊！

乘風破浪的兄弟

台灣有太多現象、太多人際鬥爭可以拍成實境秀，讓館長、連千毅等「大哥」同台實境互動多好看，加碼發行NFT，沒人敢有意見！

最近憂國憂民之際，有則新聞很有意思，台灣藝人王心凌參加陸綜（大陸綜藝節目）《乘風破浪的姐姐3》再度爆紅，抖音出現大量中年男人帶著微笑、跟她唱跳的影片，洗腦又逗趣，成爲現象級網紅，連名嘴唐湘龍都跨界評論「王心凌現象」。

相信很多人同感意外，仔細看著「姐姐」主持人那英與寧靜，終於懂了。當年寧靜在《陽光燦爛的日子》多漂亮、多麼社會主義；現在則金堆玉砌、比資本主義還資本主義，花了點時間才能想起眼前這位熱鬧的寧靜，曾經那樣寧靜。節目中諸多「姐姐」搶著推陳出新，對過去棄如敝屣，只有王心凌跟記憶中一模一樣，帶領歌迷集體回春。

近年來電視節目全球化，陸綜取經韓綜（韓國綜藝節目），吸引大量台灣年輕觀眾，市場應該很快會出現本土版的「類」姐姐節目。我們真該感謝還願意大手筆投資做大型節目的資方與製作人，因台灣市場不大，又受疫情影響，投入成本越高，回收越不容易，經營起來非常辛苦。

記得剛開始入行做節目時，那時預算極少，但大家想法很多，於是製作人們挖空心思，運用巧實力拚創意，用自己的特色與專長做出足以跟大製作一較高下的作品，至今回味無窮。

現在時代改變了，台灣出現太多超乎想像的「現象」，搞不好，也能夠從中孵化出了不起的創作。好比近年「兄弟網紅化」現象，我們該順勢推出「乘風破浪的兄弟」或是「夙夜匪懈的大哥」，讓館長、連千毅、勾惡、鳳梨等「大哥」同台競技，比髒話、比暴怒、比謀略，甚至讓幾位大哥同住一個屋簷下，看誰洗碗、誰坐餐桌的主位，這種實境互動多好看，加碼發行NFT，沒人敢有意見！百分百的台灣味巧實力。

台灣有太多現象、太多人物，太多人際鬥爭可以拍成實境秀，隨手舉例「見風轉舵的政客」、「千鈞一髮的路怒」、「前仆後繼的大師」、「力爭上游的主播」、「劍拔弩張的名嘴」、「急起直追的狗仔」，對了，千萬不能少了這個，「多如牛毛的教父」！

每個失誤都珍貴

藝人的生命很特別，舞台下可能迷迷糊糊，上舞台才像眞正活著。

上週專程去電影院看英國演員伊恩麥克連的八十歲舞台個人秀，他就是電影《魔戒》裡的甘道夫，在英國演舞台劇六十五年，莎士比亞倒背如流，但全球觀眾還是透過《魔戒》認識他。老先生精神好、記憶力強又幽默，他問台下，「去過紐西蘭請舉手！」多人舉手，又問，「郵票上有你的請舉手！」然後笑呵呵地自己舉手，因為在紐西蘭拍攝的《魔戒》已經讓他在影壇雋永了。

麥克連娓娓道來一生，從身旁大箱子拿出甘道夫的劍等充滿回憶的小道具，他談起自己的出櫃，也談起某回演出，道具上應該寫滿法國人名，卻只夾張白紙，他沒詞可說，只好拿法國酒莊、香檳名來搪塞，糗爆的當下化為永恆，即使失誤，放在回憶中亦顯珍貴。

藝人的生命很特別，舞台下可能迷迷糊糊，上舞台才像真正活著。好比舞台劇演出，雖然台詞固定，不同觀眾哭點笑點類似，演員保有跟爵士樂一樣的即興空間，場場感受不同，真的是「活」在舞台上。

而戲劇還能影響人心，麥克連發現英雄角色從頭到尾只會死一次，但懦夫們早在過程中扼殺自己無數次。他引用《哈姆雷特》一段獨白，「我曾聽說犯罪者看戲時，有時逼眞的劇情能使他突然天良發現，使他當場懺悔。」現在政壇舞弊者衆、撒謊者多，眞該讓候選人都去看戲，也許能早懺悔早解脫。

上週在中廣專訪另一位曾經出現在郵票上的人物，前副總統呂秀蓮，她今年七十八，跟麥克連一樣精神好、記性好。呂秀蓮花了五十年推動新女性主義與民主，現正推動兩岸和平。讓我想到這期《讀者文摘》裡從喀布爾撤退到烏克蘭的阿富汗女記者，她以爲離家就能遠離塔利班帶來的戰爭，沒想到在烏克蘭又掉進俄烏戰爭的斷垣殘壁裡。她說，戰爭發生之前，我們對吃飯、看電影習以爲常；誰相信只要半天，全世界就完全不一樣了。

麥克連與呂秀蓮很像，一生堅持做好一件事，數十年如一日。我想呂秀蓮奮鬥一輩子，只有一件事搞不懂，到底是誰這麼恨她，在三一九打她一槍？

走一條新路

當大衆追求快樂健康，但大衆媒體圈不快樂。
環境不斷轉變，天無絕人之路，轉個彎努力，也許能找出條新路。

上週電視金鐘獎頒獎典禮，特別貢獻獎分別頒給老前輩張宗榮與陳君天，兩人都在電視這條路上走了一輩子。張榮宗說要謝謝他自己，因爲從第一份工作到現在，最好的努力是自己！陳君天則說，沒有人好謝，因爲要謝的人都走了！老先生專屬的黑色幽默引來全場笑聲與掌聲。

自從疫情發生，大家發現快樂健康很重要。好比這次台北國際藝術博覽會展出大量年輕藝術家作品，動漫、普普風格特別受歡迎，讓上一代藏家追捧的黑色、沉穩、抽象藝術作品儼然成爲老派。我們看到柏林畫家用童稚筆法畫女孩，趕緊傳給小女兒，「妳看！好像妳啊！」一家人笑得樂呵呵。

當大衆追求快樂健康，但大衆媒體圈不快樂。

上週政論名嘴羅友志在攝影棚拔麥走人，電視台不諒解。我們都在中廣作節目，看他神情落寞，羅友志說好長一段時間都談一樣話題、罵同一個人，他曾建議還有許多事値得談，可是沒有機會，那天忽然有點情緒再加上身體不適，衍生出一場風波。

名嘴這行的悲哀在於就算做一輩子，也拿不到金鐘獎的肯定。尤其電視台都有立場，以前還會邀兩派人馬維持表面上的中立，現在不必了！哪一台不是仇恨台？

羅友志問該怎麼面對？我說，電視台會想通的，但也許你是對自己發脾氣，如果連自己都不喜歡自己了，是該放掉些東西，改做些新鮮事，上課、讀個ＥＭＢＡ，都好；

總之環境不斷轉變，天無絕人之路，轉個彎努力，也許能找出條新路。

頒獎典禮後，最害怕的應是對岸。

台灣實力多強，光一個電視金鐘獎，就要拆成兩天才能頒完，可見我們人才之多、作品之豐富，才有全世界最多的獎可頒，保證讓中共活活嚇死！

好啦！派對結束，各位媒體人還是要歸隊工作。問中廣製作人要不要請羅友志來上節目？製作人想了想說，如果他拔麥怎麼辦？好吧！那就改寫文章鼓勵他！

輯二

負面啟發大師——欸～看看這個時代的 vibe 啊！

祝你早日滑鐵盧

如果你挑容易的做，人生就難了；如果挑難的做，人生就容易多了。

趁著過年，去美國看女兒，當地年輕人正在瘋傳一段美國首席大法官的畢業典禮演講，他不祝畢業生好運，相反的，希望畢業生體驗厄運、背叛、孤獨、不公，這樣才知道失敗未必因爲不努力，也才能體會到忠誠、朋友、公平的重要。

這段話說得太好了，我們如果怕失敗，就會習慣走老路、不習慣做夢，可是老的方法未必能解決新的問題，只想複製過去的成功，這成功反而變爲枷鎖，限制住想像力。倘若在年輕時能厄運當頭、滑鐵盧一下，未必是壞事！起碼知道失敗根本沒那麼可怕！

大法官還引用蘇格拉底名言，「沒經過考驗的人生不值得活！」這話很有深意，尤其我們做創作的，永遠有風險，可是絕不能不做！就像另一句話，「如果你挑容易的做，人生就難了；如果挑難的做，人生就容易多了。」

這回在美國見到老同學，他當了三十四年美國公務員，剛退休，有穩定退休金；問起心情，他說，「也就是這樣了！」離開台灣、卻沒眞正融入美國，所謂「美國夢」，求個穩定而已。我看著他，想到內戰結束七十年，台灣依舊面臨戰爭威脅，人民還渴望和平、穩定，忍不住跟著惆悵起來。

這趟在美國西岸到處看些新奇事情，好比西雅圖的亞馬遜總部是個熱帶雨林，即將落成的 Google 總部也像個植物園，各大企業透過主要建築傳遞企業態度；反觀台灣大企業還是水泥思維，像大巨蛋，爲何沒考慮在蛋體上綠色植被？如果有顆大綠蛋，大家在熱帶雨林裡看棒球，多過癮！

在洛杉磯跟旅遊界老友聚餐，聊到台灣出國人次居然比日本還多，衆友震驚，擔憂下一代關注吃喝玩樂多過追逐夢想！我說，吃喝玩樂若能做到精，也成特色，而且二〇二〇東奧，年輕人應該去看看、一定很有收穫……，語畢，老婆女兒忽然站起來，嚇我一跳，以爲她們無聊到要退席，喔！原來上菜了，她們站起來拍菜！左右一瞧，幾個老屁股都怯生生伸出手機跟著拍，拍完一看，哎呀！沒經驗，沒開美肌，還失焦了！

笑星當總統

大眾發現新聞節目比綜藝還要可笑，政治人物搶走搞笑藝人的飯碗！

好在風水輪流轉，喜劇演員當總統，總算扯平了！

烏克蘭四月舉行總統大選，新任總統澤倫斯基是個喜劇演員，沒有任何從政經驗，卻囊括七成選票。他當選後說，「凡事都有可能！」確實如此，我想台灣的諧星應該也能擔此大任。

好比郭子乾，他可以模仿所有檯面上名人，舉凡國慶、元旦典禮，都能做成模仿秀，有他當總統，素還眞都能請出來閱兵！全民看新聞不生氣，天天笑呵呵。

還有吳宗憲，他如果願意參選，將是全民之福，互罵也能罵出新意，選得賓主盡歡！

我非常期待看他參加總統大選辯論，絕對是經典。而且宗憲的女兒Sandy美貌、機智與親和力不輸韓冰，加上他在演藝圈的豐富人脈，我想，選前之夜，周杰倫應該會放下恩怨幫他站台，全體觀眾在歌聲中流下感動的淚水，天佑台灣啊！

還有小S，她很搞笑但超有母性，生了三個，絕對有資格處理「少子化」危機。她的競選總部就直接設在帝寶，歡迎各界來參觀、自拍，唯一風險在於她可能會在開幕典禮上喝得太開心……，就喝醉了。

如果澎恰恰或許效舜當選，總統文告可以讓鐵獅玉玲瓏來宣讀，總統抹白鼻心唱作俱佳，絕對能讓薄海歡騰！

笑星能當選總統，證明民眾已經對傳統政治人物煩透了！

可是喜劇演員何苦從政？我認爲跟《悶鍋》收攤有關，因爲大眾發現政客的表現居然比喜劇演員還要荒誕（王世堅最好笑）！新聞節目比綜藝還要可笑！政治人物搶走搞笑藝人的飯碗，只能黯然收攤；好在風水輪流轉，終於輪到喜劇演員來搶政治人物的飯碗，總算扯平了！

至於笑星當總統到底好不好？不得而知，但烏克蘭總統講對了一件事，就是「凡事都有可能！」

民調是齣大戲

民調已經成為全民變裝運動，不斷推陳出新，
甚至還有針對民調推出的民調簡直獨步全球！

最近最新鮮的話題就是國民黨總統初選的民調大戰，熱門到讓多年不問台灣世事的賴聲川導演，趁著《寶島一村》到上海演出，拉著我追選戰進度。當時民調尚未揭曉，我呢！硬不跟他講，就是要急死他！

今年選戰太有意思，很值得做成一齣戲，戲名就是「民調大戰」。

好比一個朋友跟媽媽支持不同對象，媽媽先宣布，晚上活動一律取消，她要留在家接電話。性格懶散的朋友則頂著烈日，親至電信公司櫃檯辦理指定轉接，悄悄把家用電話轉手機，企圖攔截民調電話。

但一天之後媽媽就察覺異狀，因爲不只晚上民調期間電話沒響，整天電話都沒響過，她疑心電話壞了，拿手機撥號測試，意外發現是女兒接起電話！這才知道女兒的陰謀，但老媽按兵不動，電話一掛，立刻打客服電話抱怨電信公司怎麼可以不問過她就把電話轉走！沒想到客服人員說電話登記在女兒名下，她不是當事人，不能透露客戶隱私！把老媽氣個半死，後來她問出按#七七就能解除轉接，於是母女開始諜對諜，你轉走，我取消；我取消、你再轉走！可惜戰到最後一晚的晚上十點，兩人都沒接到過民調電話……。

據說，這齣民調大戲已經成爲全民變裝運動，敵對政黨冒充支持者瞎攪和，還有七十老翁硬要喬裝二十歲少女，因爲老人家聽說假扮年輕女性，能獲得最高的加權比重！台灣什麼都滯步不前，唯有操盤選情的「偷吃步」不斷推陳出新，簡直獨步全球！甚至還有針對民調推出的民調……，難怪美國總統初選至今不採民調，堅持黨員登記投票，就是怕台灣滲透啊！

投票該是理性的行爲，但往往發展爲 Kimoji（感覺）的天下，選民偏愛投票給 Kimoji 好的人，導致參選人都訴求 Kimoji，眞心建議總統大選應該比照音樂類獎項，正名爲「二〇二〇 Kimoji 總統直選」，票數最高、只代表他是全國最受歡迎的候選人，享受掌聲就好；至於該由誰治國？就交給 AI 分析，從各種數據中算出對全民未來最好的人選。

咦！你說我贊成 AI 選總統，就代表我支持郭台銘！我……。

從尷尬到翻臉

演員沒變、戲沒變，原本的荒謬可笑，
在靜默中反成痛點，短短七年，是時代變了。

最近參加幾位長輩的追思紀念會，他們的人生眞是精彩，在艱苦中打拚出盛世台灣。就像華新麗華的焦廷標焦師傅曾說，「父子同心山成玉，兄弟合力工變金」，難怪焦家子女特別團結。現在環境普遍比過去好多了，可是整體氣氛詭譎，令人擔心台灣就要從盛世轉爲警世。

好比九月我們將到美國巡迴公演《往事只能回味》，這齣戲談兩岸美國夢與兄弟情，這回是最後封箱演出。

記得七年前首演，與北京長大的旅美聲樂家田浩江在台上大開兩岸玩笑，我們談毛澤東，他唱革命紅歌；我問他當年怎麼啃樹皮，他問我在椰子樹下吃香蕉皮的滋味？我反問，哪棵椰子樹下吃得到香蕉皮？觀眾樂得哈哈大笑。今年台北演出時，某些段落笑點到了，台下卻一陣尷尬……，演員沒變、戲沒變，原本的荒謬可笑，在靜默中反成痛點，短短七年，是時代變了。

以前兩岸關係融洽，文化軟實力交流，好多玩笑可以開；現在矛盾日深加上大陸電影退出金馬獎，態度日趨極端，似乎只要不抗中，就自動歸類爲中共代言人。兩岸，已成爲不受歡迎的題材。

有個大陸朋友跟台灣老婆結婚，婚後大部分時間定居台灣，經常往返大陸各大城市拓展生意。他面對變局特別焦慮不解，「台灣跟大陸好好的，有什麼不好呢？」我猜再過個幾年，他可能變成一九四九後最新一代「外省人」；只是在台灣是外人，在大陸也成外人。

兩岸間不少新住民兩邊都有家人，我們也還有至親在北京，怎麼可能在親中與抗中裡選邊？過去社會大抵有個雅量，藍綠吵鬧，講話還是留餘地，這是人與人之間的溫度。

小英總統當選時才說沒有人該爲自己的認同道歉，現在卻冷眼旁觀台灣自豪的珍奶品牌在親中、抗中的極端裡掙扎求生，老百姓有不選邊站的餘地嗎？

當髒話對罵取代幽默脫口秀，放狠話取代給溫暖，當矛盾變成政客有利可圖的工具，言論自由改由國安單位管轄，能不把台灣推向極端嗎？

一齣戲才七年，感覺就不同，不知兩岸從尷尬到翻臉，會用上幾年？

如何跟上時代

任何一行都是「寧可不通、不可普通」，
進入終身學習時代，人們必須從頭學習新工作所需的新技術。

我們做娛樂事業的人有個特色，就是碰到專家變半瓶水，但碰到半瓶水，就成了專家。

上週，有位憂心忡忡的朋友約我一聊，他經營大學，近年入學人數雪崩，希望我給校方建議。

我對教育當然一竅不通，先聽教授們分享教學心得。他們在學術上奉獻一生，卻發現自己身處尷尬年代，因爲社會變化太快，教學內容根本跟不上時代。

好比新聞系老師堅持開新聞道德課，強調媒體必須中立，但今日哪家媒體中立？眞不如教學生如何依據媒體黨派背景撰寫不違背良心的報導。講究實作的技職也是如此，近年台灣名廚風帶動餐飲科系林立，誰料到幾年後外送市場爆發，客人根本不出門，又怎麼可能上餐廳！

教學若被市場需求牽著走，注定落空。

我相信任何一行都是「寧可不通、不可普通」，好比近年政府花大筆預算做地方創生，在各小鎮開類似的小店、賣類似的小產品，不靠補助，根本無力生存。若不能大刀闊斧劈出個新局面，只是小小做些點綴，不知效果何在。

因此，大膽對教授們提出了些「狂想」。首先建議學校開設「未來學」整合課程，不是由教授告訴學生未來會如何，因爲教授也沒譜，但可以學習未來用得上的科技、語文、觀念；而且「學校」也該鬆綁，《紐約時報》說，未來進入終身學習時代，每五年會有大量工作「死去」，人們必須從頭學習新工作所需的新技術，到時候學校還需要這些裝模作樣的圍牆、校園和高大壯觀的樓房嗎？

我相信未來的學校絕對與現在不同，目前已經有遠距教學可以共享課程，還能不能有更多創意與想法？能不能與路邊咖啡店共享教室？甚至共享宿舍來嘉惠更多外地學子？我建議連招生廣告都應該讓學生來操作，這些抖音、YouTuber世代的孩子，拍出來的短片保證比老師監製的有看頭、更有共鳴。

抖完半瓶水後，眼前的教育專家們看起來精神抖擻，似乎有了更多新想法，應該是這半瓶水灑下帶出的清涼感。若各位對學習有任何另類思考，歡迎賜教。

半瓶水　敬上

地久天長總會等到陽光普照……吧？

天下父母心，就算知道孩子誤入歧途，也只能耐心等待陪伴，等著雲開霧散陽光普照，地久天長也願意。

最近看美國電影《決戰中途島》，特別注意其中一幕。珍珠港事變後，美國決定空襲日本東京，這場由杜立德帶頭的空襲赫赫有名，一舉扭轉二次大戰局面。當時杜立德估算油料回不了美軍航空母艦，決定就近降落在浙江。空軍迷都知道二戰時期美軍有件繪上中華民國國旗、用繁體字寫著「來華助戰洋人」的飛行夾克，就穿在杜立德與同僚身上，希望浙江鄉民看了能懂。

結果，鏡頭完全沒帶到這件出名國旗夾克，全都省了！很可能因爲電影出品公司包括大陸片商，用不用青天白日滿地紅，上片後都麻煩。但片商還算克制，起碼沒想硬在杜立德背後貼上五星旗與簡體字！

想想國民黨眞夠衰，打抗戰辛苦許久，功勞都讓共產黨拿走；到台灣後，連台獨大老辜寬敏都認爲老蔣帶領國軍保護台灣有功，還是難逃人人罵的命運。這樣下去，「國民黨」早晚會從電影裡、從歷史裡消失，因爲大陸拍的歷史片不會有國民黨；台灣影視題材不是通靈、就是兄弟，更沒有國民黨的立足之地！以前國民黨有錢有勢，可以投資電影發揮點影響力；現在黨產一空，存在感盡失，悶啊！

加上目前當紅政治理念只有一個，「能當選就是好貓」，決策不爲國富民強，各黨都把手段當成目的，機關算盡，結果是魂都掉了！只剩下無限妥協與永遠權宜，太多老克拉（上海話，意指騷包仕紳）擠在一起搶位子，非常難看。

難道就沒希望了嗎？未必，我又看了兩部長片，台灣鍾孟宏導演的《陽光普照》、大陸王小帥導演的《地久天長》，都著墨親子關係，都有在大風大浪下眼看就要崩解的小家庭與無比堅強的媽媽。天下父母心，想與孩子過安穩小日子，就算知道孩子誤入歧途，也只能耐心等待陪伴，等著雲開霧散陽光普照，地久天長也願意。

是啊！這就是小市民的心聲。都說政治是父母官，各黨能不能不要急，多些原則與耐心，多等一等，也許，陽光就在不遠處。

小弟與小人

應酬願意陪到最後的，就是可以栽培的好小弟嗎？不！小人也會陪到最後！

上週老婆有個聚會，本來不邀我，因爲席間都是女人與「多元成家成員」；後來又拉我去，理由同上，只是姊妹淘的新婚老公決定出席，深恐新成員落單，讓我作伴。我們聊得挺好，根據老婆說法「像岳父跟女婿的對話」……，我這臨時女婿抓住機會問，派對上到底該怎麼跟人相處？

我說，你們這代不少人有「眼球恐懼症」，光用手機傳訊、連電話都不想打，太少機會跟眞人面對面互動，當然生疏！我左看右看，放低音量說，「把妹，就是最好的訓練，而且不分場合，隨時都能練習！」我用眼神瞄瞄老婆，「像我老婆，牛肉麵店裡把到的！」

講著講著，忽然好想念當年的自己。

當年的我眞是個應酬好咖，老闆只要帶上我，保證無冷場！該笑的、該倒酒的、該聊的、該喝的、該抖知識的，我全包！說穿了，我是個頂級「應酬小弟」，保證讓老闆有面子。

而且老闆應酬多，就算今晚喝多了，隔天一早四點還要起床打球，這樣早晚夾擊，身體當然受不了！如果能有個一等一的應酬小弟負責把所有賓客貼心顧到最後，一一送上車，大哥當然安心又輕鬆。

聊著聊著，我發現這裡面有大量商機！

只要能用心伺候客戶，舉凡陪應酬、陪看病、陪運動、陪開會，都需要這種「關係代工」，只要肯用心，行行出狀元！

新郎官學歷很好、腦袋也很好，他問，那應酬願意陪到最後的，就是可以栽培的好小弟嗎？

我說，不！「小人」也會陪到最後，因爲他心機重，一定會把握機會殷勤示好！

「那怎麼分辨呢？」

我說，小人在這種場合一定會做三件事情：一、絕不中途落跑，表示他的重視；二、擠在你身旁敬酒，方便察言觀色；三、立刻攀親帶故找出共同朋友，卸除你的心防。

新郎官立刻露出崇拜眼神直說太準了！因爲上次聚餐有個人就是這樣對他，一路殷勤，後來才發現別有居心！

看來ＡＩ就算再厲害，也讀不懂人情世故，無法取代應酬咖的識人術。我們這些老江湖，前程似錦啊！

三場飯局和一回選舉

政黨立場都不一樣，飯局席間衆人絕口不提開票，忽然別桌賓客大聲談起「這場選舉……」，一看苗頭不對，我趕緊緩頰，喔喔～我們終於談到選舉了～

總統大選那天，肚子有點不舒服，看醫生後直奔投票所，達成好公民任務。

這幾天共有三場飯局。選前之夜跟朋友吃飯，話題繞著選舉，我說，韓國瑜不會當選，但民進黨立委不會過半，因爲選民會制衡！朋友卻認爲肯定過半，我們談著談著僵持不下，我說如果預測錯，往後就喊我朋友「爸！」

投票當晚與台商朋友吃飯，路上已知藍營大勢不妙，到場衆人多半食不下嚥，彷彿集體腸胃炎?但也有人化悲憤爲飯量，大吃大喝了起來。爲了激勵士氣，我拿出時報出版的書《動盪》與衆人分享，其中有篇談論芬蘭如何從二戰戰敗國的危機中找出轉機，成爲北歐工業大國。衆人開始談芬蘭，多了點樂觀期待。

週日還有飯局，一落座，老婆便推推我的左大腿悄聲叮嚀，「政黨立場都不一樣……」原來是要我閉嘴!果然，席間衆人絕口不提開票，忽然別桌賓客大聲談起「這場選舉……」，一位大姊聽到關鍵字，忍不住站起來舉杯謝主人，還發表感謝台灣人民的心底話，她尚未坐下，另一大姊立刻開砲，「那下一代怎麼辦?」一看苗頭不對，我趕緊緩頰，「喔喔~我們終於談到選舉了~」衆人大笑，照例以耍寶化解對立。

回家路上打電話問候老媽，老人家聽起來加倍憂鬱，問她好嗎?她淡淡地說，「難道大家都忘了國民黨的好嗎?」看來是輸得太慘，讓她想起眷村這些孩子們（包括我哥）總是壯志未酬，嘆起氣來。

我說媽，您都快九十，別再擔心，照顧人民是蔡英文的事了。隨後想起蔡英文二〇一二年落敗時曾希望馬英九往後「要公平地照顧每一個人民⋯⋯」奇怪，她講稿都很有感染力，可是某些行動卻跟感言不一，只好藉專欄提醒小英，要言出必行啊！

週一飛北京公幹，離開前再給我媽打電話。以前做節目常說，「爸，我回來了！」現在則改說「媽！我出發了！」繼續堅持兩岸和平交流。在機上坐下一看，巧了！賭贏我的「新爸爸」竟然就坐旁邊，算了，願賭服輸！

我幫台灣想了個好名字！

無論叫台灣、中華民國，或是叫中華民國在台灣，都有人不爽，不如打掉重練，就叫「投票共和國」。

最近赫然發現兩週後就是端午，奇怪著時間都上哪兒去？原來一場選舉、一段疫情、一個罷免，交替登場，咻一下，二〇二〇年就過一半！

最近眾人各自詮釋民主，開口都有一套選舉經。忽然想到好點子，「這個國家」無論叫台灣、中華民國，或是叫中華民國在台灣，都有人不爽，不如打掉重練，我幫台灣想個全新的好名字，就叫「投票共和國」（Republic of Voting，簡稱 R.O.V.）。

這個名字太適合我們，因爲「投票」在台灣已成爲完整產業鏈。依規模分爲地方選舉、中央選舉，還有公民投票；執行層次，先黨內初選、而後大選、選後不爽，還可罷免！你罷免我成功之後，我又可以反過來罷免你，反正門檻超低。爾後「投，是永不止息！」產業活水不斷！

選舉核心雖然就那幾個參選者，人不多；但要悄悄接收媒體，收買名嘴、培植網軍、包養網紅；外圍加入海陸空三軍，動員宮廟、各色協會、公關公司、演藝團體，甚至還跨足到募資！每一場活動要走路工、活動、直播、炒米粉、發便當、還要椅子大隊，全民涉入、雨露均霑。還有外界看不到的，例如企業捐款金流，以及最重要的「資源分配」、先談好後謝，預算給誰、位置給誰、標案給誰等等，確保沒人兵變倒戈！簡單來說，從上到下，早有ＳＯＰ。

政府當然該大力扶植如此龐大的產業鏈，畢竟「選舉」比「文創」概念清晰易懂，應開闢「投票技術研究院」（簡稱「投研院」）、「投票園區」、「投票樂園」，結合人氣指數推出雲霄飛車，體會暴起暴落的感受……。

在「口罩外交」式微後，台灣應輸出「投票外交」，專教外國政要運作奪權，等我們在全球都有了高層麻吉，早晚會以「投票共和國」名義加入聯合國。最終目標，就是推出全球首創動態政府，結合ＡＩ進行每日投票，決定國家每日走向，才是反映最新民意的眞民主！

而且「投票共和國」的立國精神很清晰，少數服從多數，多數霸凌少數！這種立國精神不好嗎？不如，我們投票來決定！

沒有冷氣的童年

記得上台北看到計程車上寫著「冷氣開放」，眞是大開眼界，搭計程車已是貴族，能搭「冷氣開放」的計程車，一定是貴族中的貴族。

擔心啊！夏天是越來越熱了。

誰都知道小時候眞沒那麼酷熱，就算是北迴歸線通過的嘉義，夏夜躺在涼蓆上，搖搖扇子就能入睡，睡醒一看，臉上身上會印出一條條蓆子印記。記得上台北看到計程車上寫著「冷氣開放」，眞是大開眼界，搭計程車已是貴族，能搭「冷氣開放」的計程車，一定是貴族中的貴族，很想體驗這冷氣到底有多冷、多貴族！

儘管童年沒人裝冷氣，但我們照樣睡得很香。好比讀嘉中時，廣播中有個詞叫「下午兩點的疲勞」，我每天下午兩點眞特別疲勞，聽著微風吹動校園裡高聳的大王椰子，發出沙沙、沙沙的咒語，像說著「睡吧！睡吧！」聽到老師像催眠一樣教三角函數sin、cos，我就算使盡洪荒之力也抬不起眼皮……，睡到驚覺口水已經順著嘴角滴在桌上，順手一抹，直接甩去隔壁同學身上，他大罵一聲……。回想起來，這午覺眞是美好，至今不能理解同樣嘉中的大名醫陳適安、吳明賢他們，怎麼抵抗大王椰子的咒語？爲什麼可以不睡？功課這麼好？

現在台北的學校多半都有冷氣，行政院承諾兩年內會動用前瞻預算，讓所有學校都有冷氣吹。這雖是德政，但更該深入思考爲何我們的夏天變得越來越熱？是都市熱島效應？還是氣候變遷？我們怕熱、所以開冷氣；開冷氣卻讓環境更熱、更缺電、又想著砍更多樹改放太陽能板……，如此惡性循環下去，若每年氣溫都增加半度或一度，未來怎麼辦？

對我們四年級生來說，很多人還是不習慣冷氣。像我至今睡覺頂多開一小時，涼了就好，最好是睡到一半，在雙腿之間夾條小薄被，蹭一蹭還能感受微涼，美極！吹久反而讓骨頭痠痛，因爲冷氣的風就是不自然。老婆爲此忍耐許久，終於決定還是分房睡，此後我盡情開風扇，她盡情開冷氣。

看來四年級生與五年級生最大差異，就是冷氣！

當全民開冷氣，我想，台灣唯一不敢開冷氣的地方就是未來國民黨占領的立法院，因爲他們已經從上回學到教訓，往後就算悶到熱衰竭……，也不敢開！

一念之間

同樣是愛慕台東風光，嚴總裁卻始終租屋而居，他就想分享，不必擁有。看著海邊殘存的爛尾樓，很多選擇只是一念之間。

爲響應國民旅遊，上週飛去台東玩了一趟。

記得三十多年前首訪台東，那時綠島海底溫泉尚未人工化，我跟趙舜幾個哥兒們趁半夜四下無人，光屁股躺進溫泉，每次大浪打來，帶進清涼海水，冷熱交錯，人生至樂！還發現有塊石頭特別光滑，坐在上面舒服到簡直符合人體工學，頻頻搶位子。同行朋友是野外專家，從礁石底下摳出些小海螺，生火煮食，美味難忘！

幾年後，小黑柯受良領隊，帶我們到出海鏢旗魚。他幼年隨爸媽從大陳撤退到台東，就在海邊長大，那次看他帥氣站在隨浪起伏的船頭，縱身往下一跳，勇！我們這些城市鄉巴佬別說拿魚槍鏢魚，頭昏眼花，連站都站不住。

再來台東，就是小S結婚，當天萬人空巷、盛況空前；十年前爲嚴長壽找我幫小朋友演講，他的公益平台想讓花東孩子也有能力探索未來，創辦藝術營等營隊，二話不說，立刻效力。

十年過去，我這老大哥還記得當年講題是「千金難買少年貧」，他告訴我，聽演講的小朋友已經長大，有的年年回來當志工，有的出國深造，還有人決定接續他們的腳步當老師，心頭一暖，未來果然繽紛美麗。

近年許多人愛慕台東風光，買地蓋屋；嚴總裁卻始終租屋而居，他就想分享，不必擁有。看著海邊殘存的爛尾樓，以及巨大到直切杉原海灣的度假村「遺跡」，很多選擇只是一念之間。

好比這回登機前注意到有一群年輕人，度假裝扮卻盯著股市 App 興奮討論，眼神跟他們手臂上紋的蟒蛇一樣引人側目。現在疫情嚴重，美股、台股卻越飆越高，客觀來說，相當詭異，可是許多人看著別人進場賺錢，難免心癢，能拒絕誘惑嗎？

就像看到海岸美麗景觀，也會令人心癢難耐，該想辦法打通關節，沿著海岸線蓋個房子獨攬風光？還是退一步，把房子蓋遠一點，留給眾人完整美麗的景觀？都在一念之間。

所以到底該不該投資？

我不是財經專家，但有位智者說過，「當一個行業連不懂的人都往裡鑽，市場就危險了！」不知各位大老以爲如何？

夾縫中求生

我們常說政客換了位子就換腦袋，其實餐廳經營也是如此，

必須順應時代轉型，好在夾縫中求生。

老友回國，想吃母親生前最愛的白斬雞，便約大夥去老店聚餐。

外場都是老面孔，白斬雞與白切肉也是記憶中的好滋味，可是熱炒一吃，完全走樣……。事後打聽才知廚師自立門戶，開了個店名很雅的美麗餐廳，文雅到根本記不住！

時代在轉變，台灣餐飲業體質上也起變化。

最近東森新聞雲跟我們合作推出《料理之王》，讓各界人士比賽廚藝，餐飲文化已成顯學！連《聲林之王》亞軍小烏龜鄭可強都來了，畢竟歌唱表演的機會有限，若能靠節目出名，推出自己品牌的料理產品，結合東森購物的通路，就是更大的舞台，而且全年無休。

但在台灣，開餐廳要成家立業，還是不容易。知名老店客人老了，幾乎不見年輕客層；外在環境變了，內場、外場員工都要一例一休，我們吃到九點，老闆就過來迭聲道歉、準備打烊，原來怕鄰居投訴噪音。以前老鄰居有交情，還能溝通，現在新鄰居越來越多，直接拉布條反對餐飲業在此開店，讓這行越來越難做！

老店難爲，但新店還是一家一家開。最近去當紅的「餐酒吧」，進去嚇一跳，包廂裡就幾張沙發加個大茶几，連張飯桌都省了！只能擠著吃。但這樣的店生意非常好，人聲鼎沸，簡單叫兩杯出名調酒就將近千元，已經可以在其他餐廳喝一兩支紅酒了！菜單就是各種炸雞與簡單的小菜、義大利麵，若讓老店的老老闆們看此盛況，應會活活氣死。

但年輕人就愛美食加氣氛，講究全面用餐體驗。所以老店二代們紛紛出來開老店轉型的漂亮餐廳，好比橘色涮涮鍋的孩子就在火鍋店旁開咖啡店、按摩店，還有可以唱歌包場的私廚，都有美食、漂亮裝潢與熱心服務，再努力下去，一家人可以把大安路給包了！

我們常說政客換了位子就換腦袋，其實餐廳經營也是如此，必須順應時代轉型，好在夾縫中求生。好比NBA開打了，可疫情嚴重，只能禁止觀眾入場，結果打起來一片靜默，球員們就像戴著防噪耳機打球，聽不到鬼吼、也聽不見神嚎，這感覺……就像政客說自己不貪汙一樣，不成「體統」！

該上哪兒學歷史？

明明是中國歷史上的三國，卻靠著日本遊戲「三國志」打響國際名聲。

歷史，不只在課本裡；學習，也不一定在教室。

一〇八課綱將中國史歸入東亞史、精簡篇幅之後，「三國」提都沒提、寸草不留。我彷彿聽到關老爺端坐在行天宮裡說，「這這這……該如何是好咧？」

三國之精彩，就在三足鼎立的謀略攻防。吳蜀魏主角背後各有名將、智囊、美人，他們如何勝？為何敗？都耐人尋味。從羅貫中的章回小說《三國演義》開始，古今中外「三國」衍生作品不斷，累積鐵粉無數。

有人說別緊張，就算課本不寫三國，年輕人也會懂三國，因爲他們這個世代玩 Game 長大，一定遇得到劉關張！

好比曾轟動一時的日本電玩「三國志」，明明是中國歷史上的三國，卻靠著這套日本遊戲打響國際名聲，至今仍是主流。我最近認識一個五年級小學生就很愛這套日本老遊戲，問他呂布長什麼樣子，他說是金髮、高大的洋人，因爲這個版本的呂布就是一頭金髮、身高兩百三十公分！

後續三國電玩角色多半依照歷史安排人物設定，好比關羽絕招叫青龍偃月斬，劉備預設激勵屬下功能，只要他在附近，屬下立刻「補血」；張飛瞪銅鈴大眼、跺跺腳就能震倒衆人；曹操則能不知不覺吸對手血，陰險卻好用！玩家也許不知道誰先稱帝、誰先敗亡，但他們熟稔名將戰鬥特色，必要時讓張飛打岳飛也行！

這樣的歷史觀眞不知該算精通還是誤讀？但我相信一定會有玩家因而對正史產生好

奇；因爲歷史，不只在課本裡；學習，也不一定在教室。

好比近日北美館的布列松攝影展，展出他一九四八、一九五八年兩度走訪中國拍下的影像，可以窺見國共對抗期間的北京上海、杭州香港，也拍下庶民生活細節。我們歷史課本簡單提及當年政府「金圓券擠兌」，但布列松的相片道盡擠兌人潮的絕望與失落，清楚看見人心向背；照片的力量勝過教科書千言萬語。

後來帶攝影集給媽看，她就是那年離開北京。她一張張翻閱，邊看邊說，「對！逃難，就是這個樣子。」問她，怕嗎？她緩緩說，年輕，不懂得怕。

看完後，我從都一處帶回來的素拉皮，……她一口都沒吃。

最冷也最熱的一夜

評論是非得分明，腦袋落地也得說！

這夜高粱與羊肉一輪一輪上，衆人酒酣耳熱、爭得面紅耳赤，暢快無比。

跨年氣溫極低，有群異議份子到上元樓涮羊肉。

這涮羊肉組織成立十多年，規模約莫八、九人，都媒體人出身。有人當高層、有轉作家、有人退休仍問世事，其中還有一專以新聞素材做垃圾節目的製作人。聚會除了羊肉，還陟罰臧否、幹譙時政，頗有書生救國情懷。有回酒酣耳熱，發現衆人後頸處居然都長了顆痣，根據相書，這代表上輩子讓人砍了脖子……，面面相覷、一陣唏噓，頓覺這涮羊肉之約可能橫亙好幾輩子。

這天，垃圾製作人帶個好萊塢小子同涮。小子台灣長大、到北大讀書、進軍美國，在好萊塢成爲影業高層，知青兼生意人，飯局無數，卻覺得這一晚的飯吃得最爲精彩，有滋有味。

幾杯高粱配涮羊肉下肚，導火線是甫得特殊貢獻獎的大老日前一篇社論，前三分之二鏗鏘有力，勾勒出文化部要求審查大陸出版物的荒謬，不正是當年出版戒嚴的前兆！好處評點完，此時垃圾製作人刀背藏身悄悄逼近、亮刀猛砍，說這後半寫得太軟！頗有大敵當前，槍上膛，班長激情號令「衝啊！」，小兵娘炮回「好喔～～」之感。

大老畢竟是大老，承認下筆確實斟酌。文化部主事者也是記者出身，過去一同衝撞體制、打破戒嚴規定，可說創造了歷史，礙於革命情感，難免高高拿起、輕輕放下。

眞情告白引起製作人一陣寒酸，此酸陳年，因大老高中台大歷史系、製作人低取文化新聞系，卻堅稱當年兩系錄取分數伯仲之間，讓大老驚呼不可能！現在終於有機會扳回一城，酸得大老辯白爲文用字嚴謹，向來只寫句號逗號，絕不用語意不明的驚嘆號！

此話一出，垃圾製作人頓時安靜，心想……驚嘆號！這說的不就是我的文章嗎!!!隨卽反擊，評論是非得分明，哪有體諒政府的，腦袋落地也得說。

這夜高粱與羊肉一輪一輪上，衆人酒酣耳熱、爭得面紅耳赤，暢快無比。好萊塢小子酒足飯飽，出門迎著冷風說，眞是最屌的「跨年夜」！

製作人問，是嗎！沒人關心吧！蜀犬吠日！螳臂擋車！打打手槍吧!!

耍特權的快活

倘若旁人打進我「執政」的球道，
烏肚雞腸如我一定唯我獨尊，才不管他人感受！

台中是台商大本營，各行業臥虎藏龍，近年新增許多建築，令人驚豔。最近赴台中公幹，參觀在新光三越、大遠百之間的中雍商辦大廈，設計兼顧美學、實用與人性，最值得一提的是規劃送便當專用通道，可以直上電梯，騎摩托車上班，也有寬敞停車位，顧及老闆、顧及員工，確實用心！此外，還打了場球，造訪葡萄牙建築大師西薩花十年在彰化打造的球場會所，開開眼界，也得到些人生體會。

西薩出了名的善於利用幾何線條與天然地形，他設計的會所低調融入周遭環境，內外景致連成一氣，隨著光影變化，傳達不同情緒。會所家具也由其設計，而且他規定其他雜物一概不能放！連停車格編號都採用他設計的字體，力求極簡、完美，偏執的性格可見一斑！唯有如此，才能傳承百年工藝。

而且球場的偏執不僅於此。這裡的會員分爲一般與尊榮（其實還有更高階的……），兩種會員兩個會所，吃飯的地方不同、連停車的地方也不同，類似飛機頭等艙、商務艙的概念。我在諸多球場打球，會員當然與一般球友待遇不同，還眞沒見過這種不在一個屋簷下、階級分明的會員制。倘若朋友相約，兩人會籍不同，打完球豈不連一起洗澡、吹牛、說笑話的樂趣都沒有……，尷尬了。

常沾名釣譽的我運用小小特權進入頂級會所，享用一般球友沒機會享用的米其林等級好菜，見到一般球友沒機會見識的女主廚朱捷！她年紀輕輕、手法細膩而大器，精緻中有驚喜，吃得我直呼可惜，因爲菜太好、酒太好、價錢合理，可惜客源不夠；眞希望早日考慮對外開放，讓更多人欣賞她的飲食藝術。

回想在球道上的表現，第一洞就把球打到隔壁洞，依規矩應等他們打完，才能伺機把球打回來；但對方客氣說「沒關係！」讓我先打，非常有禮貌。倘若旁人打進我「執政」的球道，烏肚雞腸如我一定唯我獨尊，才不管他人感受！可見在球的世界裡，技術跟禮貌，與尊榮無關。後來我把球切回沙坑，氣炸之餘猛怪桿弟，……得「奧客卡」一張！

海角一樂園

彼此行禮如儀的祕訣在於見面只用英文打招呼，
談天氣不談政治，只要你的房子別擋到我看海景的房子，永保相安無事。

最近有齣戲描述一百多年前在台灣南部海角的一段歷史，各民族、語言、文化交錯，話題正熱；我們打完兩劑疫苗出國參加小女兒的畢業典禮，朋友特邀去南加州的「華人海角一樂園」（Palos Verdes，簡稱ＰＶ），那裡的人事物也挺有故事！

ＰＶ是半島上的老豪宅區，大房子、大院子還能看到絕美海景，外有大門護衛，但晚上到處暗暗的。朋友說，在美國越富裕的社區越暗！住戶除了洋人，還有不少華人，在不同的時空背景下來到此地置產。

最先落腳的是老台僑，他們不見容於國民黨，有些曾名列黑名單，基本都獨派，長期資助反對黨；只是當反對黨成爲執政黨，他們的理念，還是理念。

接下來是台灣出來的留學生。戒嚴年代留學不易，一九五五年難得開放高中生去美國讀大學，雖說是爲蔣家、陳家等官二代量身打造的規則，但少數同齡平民幸運通過考試，擠出家裡所有錢買張單程機票，就此在美落地生根，終於擠入金字塔頂端。

第三批更玄，一九八〇年代對岸改革開放，大陸企業或地方政府賺到錢但不能匯出，派一批人攜公款到美國找商機，久了，公家的，就變成自己的，基於安全與隱私，落腳於此。隨著ＰＶ名氣越來越大，很多能見光的、不能見光的，甚至上報紙的都來了，他們深居簡出，不跟外人互動。

當然還有很多華人居民不屬以上三類，但這樣截然不同甚至互相扞格的背景，卻能在同一個高球會所打球，孩子孫子上同一所學校，甚至叫同一家亞裔外賣「Weee !」。彼此行禮如儀的祕訣在於，見面只用英文打招呼，談天氣不談政治，只要你的房子別擋到我看海景的房子，永保相安無事。

到ＰＶ一趟，有些感觸。這地方像縮影，有各種華人小圈圈，從不公開討論彼此心知肚明的底細；我們這民族只要找到願給予保護的外國「大門」，落到哪兒都能活，只是爲了生存安全，必須藏起內心眞實感受。回來之後，不少朋友問我第三劑疫苗打了沒？依據民族本性，我必須藏起眞實答案，只能說，我願意獻出肉體，供醫學檢驗……，了解嗎？

最好的餐廳

餐廳的美食重要，但我更珍惜餐廳的人情味。

再棒的餐廳，訂不到也枉然。

日前參與《聯合報》發起的「500盤」盛會，五十位美食愛好者（簡稱愛吃鬼）、一人推薦十盤好菜，工程浩大可想見一斑！

推薦團的美食資歷不淺，500盤裡有不少中式館子經典老菜，英雄所見略同。想起老舞台劇《天下第一樓》說到餐館有三種人，堂、櫃、廚：「堂」，就是外場；「櫃」是餐廳經理；「廚」是主廚，餐廳好不好，就看他們表現。只是近年來私廚興起，堂就是櫃、櫃就是廚，菜色好，但客人得自助，另成一套系統。

目前台灣稍講究的大小餐廳，上菜第一步驟就是「給手機吃」，我輩四年級生知道此時不能伸筷，不然數位部部長唐鳳會現身來屏蔽我們。

這個拍照空檔剛好讓餐廳介紹食材，老闆親自解說比較精彩，我甚至還聽老闆說過這是來自西伯利亞的油！服務人員出馬則行禮如儀，像捷運廣播，耐不住的食客就開動了。

餐廳的美食重要，但我更珍惜餐廳的人情味。米其林星星愈多、盤子越多，結果是越難訂到。若有一對小夫妻想預約11盤好評的餐廳慶祝新婚，可能等到孩子都生了還沒排到，再棒的餐廳，訂不到也枉然。

因此衷心希望各餐廳的「櫃」能多點人情，保留些特殊位，好比鼎泰豐老店據聞就爲老客保留一兩張桌子，畢竟是從餐廳開幕就來往的客人，這是老闆該有的權力。

也有店上榜後就變了！好比我們千辛萬苦預約到Adachi足立壽司，不久接到通知「本店改變經營策略，日後只接受包場」，法律不溯及既往，餐廳卻可以……，氣得我趕緊翻看500盤指南，找下一個目標。

500盤主其事者錢欽青，台大畢業就在我的廣播節目當企劃，每天無論我說什麼，她都態度非常好地糾正我、頂撞我，所以我罵她，但也信任她，看她辦好如此盛會，與有榮焉。

排行榜揭曉後，發現英雄所見不同處更迷人，「一盤」更有趣。前兩天見到侯文詠，他說隔天去嘉義一定吃我的「一盤」阿桃陽春麵，昨天傳訊來說「沒有口福」……心想，難道阿桃也改變經營策略？後來看到照片鐵門深鎖，原來週一公休！

過年別問年輕人笨問題

春節期間該說什麼吉祥話，才不會讓晚輩翻白眼？

可以聊股票、聊博弈，交換明牌，萬一眞無話可說，不妨問，「疫苗打幾劑了？」

很多人過年會有「春節症候群」，因爲親友來往讓人際關係壓力與負面情緒倍增，甚至需要心理諮商救急，尤其怕長輩連環問，「有對象了沒？」「加薪了沒？」「什麼時候結婚？」想到就憂鬱。現在我也到了年紀，看到年輕一輩很自然會想到春暖花開、枯木逢春、水落石出……，老婆適時踹一腳，別多嘴！對，千萬別問「有好消息了沒？」因爲這是個笨問題。

目前台灣二十歲到四十九歲的已婚率不到四成二，換句話說，已婚人士成爲少數，還追問單身者有沒有對象，只顯得跟不上時代。

而且現代女性根本不需要男人，自己養自己、自己開車，即使路上發生意外，女人也可以處理，不必仰仗男人；好在國防部決定教召時教男人生火、野炊、搭帳篷，起碼未來露營時，男人還有一點點發揮空間。

但過日子可不是露營，現代女性考慮到如果結婚又生子，小孩還是靠女生照顧，到時候工作、家庭兩頭疲於奔命、累得要死，何苦？萬一不幸嫁個媽寶，更慘！於是有點能力的女性寧可自己買房；買不起房，就揪幾個朋友一起租房，似乎都比結婚自在，難怪已婚率越來越低。

別費盡唇舌闡述少子化隱憂，好比楊志良憂心他們這代不婚不育、少子化會變成未來的國安問題，就算告訴他們楊志良的理念，年輕人也會回：「他是藍的！」

春節期間該說什麼吉祥話，才不會讓晚輩翻白眼？幾個新鮮話題供各位參考。

遇到男性可以問，「教召了嗎？會生火了嗎？」

遇到女性可以問，「凍卵了嗎？」很多女性還沒結婚就先凍卵，凍卵之後再找精子，順序跟過去不太一樣。

不拘男女都可以聊「有沒有上Tinder？上面很多……朋友！」現代年輕人覺得「炮友」二字稀鬆平常、朗朗上口，但我老派，至今不太說得出口。

還可以聊股票、聊博弈，交換明牌。萬一真無話可說，不妨問，「疫苗打幾劑了？」「三劑。」「好棒！我已經打第四劑，……家裡都沒蚊子了！」祝各位新春愉快，過年就別問年輕人笨問題了，會被嫌！

你比俄國安娜眞實嗎？

安娜的律師辯護時說每個人都有點「安娜」，就好像拍照時開會美肌效果，只是想美化自己，何錯之有？

近期全球關注烏俄戰爭，消息來源除傳統新聞媒體，還有不少烏克蘭民眾發布影片到社群網站流傳。自媒體時代，人人可以是戰地記者，只是少了守門人的查證，訊息眞僞難分。

台灣網友當然不落人後，立即點讚瑞莎，因爲她來自烏克蘭，還有人退讚同樣來台灣發展的外籍藝人安妮，只因她是俄羅斯人，甚至留言要她滾出台灣；逼得安妮說明自己在烏俄都有家人，沒有人支持戰爭。

以前攝影講究「決定性的瞬間」，認爲相片裡眞實的那一刻無法再製；可是社群講究的是聳動、效果勝於一切，至於是否眞實，以後再說。於是網路出現記者身後一排排屍袋的畫面，說這是基輔現況，後來證明是維也納的環保行動劇，根本與烏克蘭無關。

Netflix 熱門的《Tinder 大騙局》、《創造安娜》就是利用社群網路行騙的絕佳例證，兩部片都是眞人實事，一個是在 Tinder 交友平台自稱鑽石大王的兒子，用私人飛機、豪華派對吸引網友墜入情網，跨國騙財；安娜則自稱是有信託基金的德國富二代，但她其實是俄國人，騙倒一票紐約頂尖菁英拿出資源幫她成立基金會。

安娜的律師辯護時說每個人都有點「安娜」，就好像拍照時開會美肌效果，只是想美化自己，何錯之有？安娜深信自己能夠成功，其他許多科技新貴也用「安娜」的手法販賣高科技的美麗夢想泡泡，也相信自己會成功，沒人怪科技新貴詐欺，爲何安娜必須入獄？

這種說法好像也有道理，好比元宇宙是眞的嗎？NFT是眞的嗎？這些概念幕後推動者跟俄國的安娜比起來，到底誰比較眞實？

烏俄戰爭則眞實地讓世界珍惜和平的可貴，因爲只要發生戰爭，攻守雙方都會受重傷；台灣人尤其關注該如何跟大國博弈，網路上有人說今日烏克蘭、明日台灣，網友們爲美國會不會保護台灣吵翻天，大可不必！就像館長表示台灣人不是塑膠做的，他自己一個人就可以帶領一個連救台灣，這氣魄太感人了，我們眞該讓館長取代邱國正擔任國防部長！

但……這是眞的嗎？

比法國還好的藍寶石

藍寶石之泉是無色無味可飲用的湧泉，源頭居然浮現淡淡的蒂芬妮藍色，跟北極的冰塊一樣，令人驚奇！

週末常上陽明山爬山，朋友知道我讀文化大學，認爲「在地」應該很熟綠蔭小徑；實情不然，二十歲忙打工，連學校都經常「不到」，何況步道！近年才知山上這麼美、母校周遭這麼多寶地，好比前幾天造訪的「藍寶石湧泉」。

「藍寶石湧泉」是近百年「草山水道系統」的一環，列爲台北市定古蹟，過去每年只開放一天，今年才開放讓大衆預約參觀。一位朋友在廣播聽到相關資訊，覺得太有意思，立刻安排大家踏青兼品水，朋友特別通知要帶水壺，不要帶寶特瓶，才環保。

這裡眞是祕境！從文大附近切下山，先通過底部架設大水管的日式老拱橋，橋面以青苔打底，綠意濃濃、暑氣全消，這一端是帶著硫磺味、不宜飲用的小溪，一路流到天母磺溪；另一端則是無色無味可飲用的湧泉，源頭居然浮現淡淡的蒂芬妮藍色，跟北極冰塊一樣，令人驚奇！所以有「藍寶石泉」之稱，據說是底下礦物質帶出來的顏色。

九十多年前日本人開發湧泉作爲自來水的水源，當年日本打台灣不易，沒有自來水，到台灣喝地表的河川水導致水土不服，統計因作戰而死約百餘人，可是因不潔飮水病死高達四千多人！因此日本拿下台灣就著手設置自來水系統，「藍寶石湧泉」就是其中一環，相關設備包括天母的水管路，至今依然運作順暢。

幫我們解說的是草山聯盟志工，還有台北自來水處的朱聖心博士。博士很熱情，讓大家拿水壺從取水處接水直接飮用，因爲這裡的水質達到生飮標準，他還以專業保證比法國的 evian 礦泉水還要好！

朱博士讀土木，但個性調皮，他看我們都帶著小瓶子，笑說這樣可以帶我們走好走的路，如果遇到帶大桶子、蓄意搬水的遊客，他就走另一條垂直陡坡，讓遊客體會水源珍貴，滴滴來之不易。

至於藍寶石之泉滋味如何？確實甘美可口，而且這水沒有想像中的冷冽，百年來溫溫地滋養著台北古人與今人，也許自來水處可以裝瓶超限量發售，這水比 evian 好，還有百年故事，保證是門文創好生意。

大叔的心結

一個遵循體制、步步高陞到上將，可是垂垂老矣；另一個則是永遠的上校，從機會沒升遷，老得意氣風發！誰的人生比較好？真的很難說。

最近影視圈又有變化，原本當紅的影視平台 Netflix 因訂戶流失而裁員，光環消褪；低迷的電影票房反而單靠湯姆克魯斯的續集電影《捍衛戰士：獨行俠》吸引大批觀衆，創下全球超過三百億新台幣的紀錄！瞬間喚醒全球大叔大嬸的青春記憶。

好比最近有個朋友過五十大壽，派對主題就是《捍衛戰士》，找來復刻版飛行皮夾克讓大家穿著與戰鬥機模型拍照，一堆大叔眼睛發光，彷彿回到了十七八，當然也討論起夾克上的中華民國國旗。

電影裡的飛行夾克是傳承自男主角他老爸，標章上有美、中、日、聯合國四幅旗幟，是美國遠東巡弋航空母艦的紀念章，與陳納德的飛虎隊夾克不同。飛虎隊的原版飛行夾克早成收藏品，曾經風行的 Hard Rock Cafe 都陳列了一件，背後除了國旗，還以毛筆寫著「來華助戰洋人、軍民一體救護」，代表二戰期間這些洋人飛行員來助陣，萬一墜機，請老百姓給予幫助，都有時代意義。

其實電影也會反映觀眾關注焦點，愛看空戰電影的影迷一定會注意到飛行夾克，女性觀眾多半注意湯姆克魯斯。一位朋友說，「他都六十了，還是很帥，可是，騎摩托車怎麼不戴安全帽？多危險！」哎呀傻妞，戴上安全帽就看不到他的帥臉。

我則注意阿湯哥與方基墨飾演的「冰人」戲裡戲外的情誼。據說三十六年前兩人拍片期間確實互看不順眼，幾十年下來，方基墨曾紅過，近年罹患喉癌半退隱；湯姆克魯斯卻大紅快四十年，他堅持請方基墨回來，修改劇本讓老上將跟老上校重聚，透過電影保存歲月的溫厚餘光。

這兩個角色很像真實人生，一個遵循體制、步步高陞到上將，可是垂垂老矣；另一個則是永遠的上校，從機會沒升遷，老得意氣風發！誰的人生比較好？真的很難說。就像我們的內政部長與警政署長，兩人一路搶人事權，現在一個下、一個上，可是連下台都不能弭平彼此心結，還繼續放話。看來真該拍部《Top Police》，但，那就是另一番故事了。

政客養老院

政壇養老院的標配絕對是汽笛喇叭與「凍蒜！凍蒜！」，一「凍蒜」下去，集體回春。

在中廣專訪九孔，他是空軍，想當飛官卻沒成功，因緣際會在《連環泡》靠軍中教的「開飛機口訣」演個精神病患者，反而發展出極具特色的神經喜劇，很受歡迎。

二〇二二年他第一次當老爸，積極健身就怕不能陪女兒上大學；我說別擔心，杜德偉一身肌肉哪裡像六十歲，趙傳六十一歲開演唱會，高音好得不得了！「老」在我們這年代，已是另一種概念。

就像前衛生署署長楊志良整天憂國憂民，楊太太鼓勵他上廣播抒發意見，但我們很怕他氣到血壓高，特備血壓計讓他邊量邊罵，以策安全。其實國事蜩螗，誰不高血壓？幸好楊志良說他看我們的舞台劇《明星養老院》看得很開心，建議該做個《政壇養老院》，想想確實是個好點子。

這家養老院與眾不同，就像《明星養老院》必備藝人熱愛的掌聲，《政壇養老院》的標配絕對是汽笛喇叭與「凍蒜！凍蒜！」，一「凍蒜」下去，集體回春。

每天清晨，蘇貞昌拿著「絕不投降掃把」掃地；另一頭馬英九慢跑，還推廣環保活動「自己褲子自己補」，可惜沒人響應。蔡英文則忙著說服現任總統把機密的封存期限從三十年改成五十年，因為，二〇四九就要到了。

轉頭一看，瘋老頭楊志良正在門口噴漆，把政壇養老院改成「政客」養老院，更好玩，可是保全阻攔，好面熟，原來是曾負責國家安全的陳明通。院長當然是王金平，確保藍綠老人都願意參加歌唱大賽。

「叮咚！」風韻猶存的高嘉瑜來拜票，她參選總統，想在鏡頭前帶動大家唱〈隱形的翅膀〉，眾人開著電動輪椅默默撤退。

疫情還沒平息，藍住戶不相信綠疫苗，綠的也不願打藍疫苗，最後找隔壁養老院的郭台銘求救，他照往例，全捐了！

對了，政客養老院可不是人人都能入住，好比周玉蔻一直說她內線多、熟人多，想入住，可是藍綠白住戶四度聯手拒絕，理由是……怕吵。

聽 Podcast 的理由

Podcast 在台灣算是新媒體，也是極爲自由的媒體，只要言之有物，就能找到聽衆，當然，這個社會上還是有些聲音，是不適合陪伴人的……。

最近很多朋友開始用手機聽 Podcast，這是種新媒體，只有聲音，可以邊聽新知邊作運動或工作，省時省事，還感覺有人陪伴，很適合現代人八爪章魚式的生活。

目前 Podcast 有不同的屬性，有的是主持人很有趣，好比小 S 與 S 媽合作《老娘的老娘：小 S 和 S 媽的超展開對話》，播出後在大陸與台灣都很受歡迎。這是大小 S 的媽媽第一次爲自己發聲，也是想留個紀念，她們在 Podcast 裡談喜怒哀樂，還聊起 S 的爸媽怎麼認識，當年 S 媽怎麼離開夫家，帶著三個女兒過日子等等，眞摯、溫柔，還很有趣，眞心認爲每個家庭都該來個老娘對談，把記憶化爲家族史，妥善保存。

有的是主題有意思，好比正在籌備中由朱延平導演聊電影故事的 Podcast。台灣電影史側重新浪潮導演侯孝賢、楊德昌等人，朱延平被歸類爲商業導演，長期被低估，其實他的電影帶著游擊隊精神，而且產量驚人，有時一年可以拍八部，本身就是眞實的「不可能的任務」，有其獨特的時代意義，加上朱導太會講笑話，內容保證有趣。

有的是因應社會需求，像《心理自聊師》Podcast，觀眾來信問問題，心理諮商師主持人 K 老師用幽默的語氣幫忙出招，累積不少聽眾。目前他們正在嘖嘖募資中，因爲二十年來台灣青少年自殺人數不斷上升，想聚集眾人力量來陪伴這些無聲吶喊中的青少年，他們所收到的每一筆募資背後都有各自的關心與期望，都希望能募資成功，用 Podcast 幫助更多青少年。

Podcast 在台灣算是新媒體，也是極爲自由的媒體，很多人一開始就在自家廚房錄音，只要言之有物，就能找到聽眾，推廣理念，並發展出新的商業模式與影響力。當然，這個社會上還是有些聲音，是不適合陪伴人的，……欸，各位現在可以列舉名單了。

負面啟發大師

各位，這四十多年來大家都誤傳我是攝影棚裡的暴君，錯！我是「負面啟發大師」！

上週看台北市長候選人的電視辯論，其實辯論也是種表演，適合娓娓道來，帶著感情說人話，用理性勾感性；可惜三位候選人捨不得手上的稿子，講一句偷瞄下一句，就像演戲不敢丟本，難免掣肘。

以表演的觀點來看，說話應想個對象，最好是親人，好比蔣萬安想像跟太太聊天，黃珊珊想像講給兒子聽，至於陳時中，沒看過他的家人，也沒一同喝過酒，不知道他該想誰……，總之，談市政也該讓對方聽懂，而且不必當百科全書，知之為知之，不知為不知，有時留白，反而不假。

就像週末去屏東南國漫讀節順道拜訪從眷村改造的勝利星村，裡面有各種小店，還有一區是運用無法修復的空屋、老牆、殘柱，搭配鐵窗、飛機零件，做成遺構公園，有意境卻無需結構，更有想像力，深受感動！主其事的屏東文化局長吳明榮不是眷村孩子，但他確實用心，誰說「空」沒有意義？廢墟就沒有價值？遊人如織，樂在其中。

嘉義眷村老家還在的時候，我媽說這村子一住五十年，也蓋了五十年，士官爸爸分配的屋子小，一開始先加蓋廚廁，多生幾個，再往上蓋、隨便加蓋，每戶長相不同。如果不小心拆掉一根柱子，一片全倒，因為你家柱子也是我家柱子，房子跟人一樣共依共生，但現在，連廢墟都沒了。

上回在中廣訪問蔣萬安時，問了些日常問題，藍營支持者誤解我給他出難題，其實一時卡住未必是壞事，接下來他可能更好，更侃侃而談。就像許芳宜說瑪莎葛蘭姆舞團以「負面啟發」出名，罵得越凶，舞者更努力，反而表現升級。

各位，這四十多年來大家都誤傳我是攝影棚裡的暴君，錯！我是「負面啟發大師」。不過大師如我也很難理解，為什麼辯論會上記者會問候選人「您是否支持被中國統一？」連垂髫小童都知道的答案，為什麼要問呢？難道這是一種別具意境的「啟發」？

是觀眾還是球迷？

球迷不是觀眾，觀眾看熱鬧只看一下子，球迷看門道可是看一輩子。

上週NBA名將「魔獸」霍華德加盟雲豹，成為史上最大咖洋將，很多原本不看籃球的觀衆跟著追星，現場爆滿、轉播收視率超高，讓魔獸成爲現象級巨星。

第一場球賽，魔獸用傳統強勢打法搶籃板、硬扣，精彩逆轉勝！守他的中信曾文鼎也好看，面對傳奇球星還能好好看住自己的一塊地，不膽怯也不退縮，是另一種感動。

但常看ＮＢＡ的球迷會發現近年主流轉變，歐洲魔術師唐西奇二十幾歲，跟魔獸差不多高，能投、能射三分、能跑、能扣籃、能運球，是全方位的天才，難免讓魔獸這輩強勢打法的老將們感受到「時不我與」的寂寞。

球是圓的，台灣籃壇能有巨星加入，固然是非常成功的行銷特效藥，但若只靠一人獨撐，忽略培養團隊、提升默契，「魔獸」反而可能成爲「魔咒」，長期來看對本土籃球不見得是好事。

好比棒球場上中信兄弟的洋將福來喜是多明尼加人，在ＭＬＢ熬了十五年，不算大咖，一開始因爲洋將限額下放兄弟二軍，今年下半球季回到一軍，成爲難得一見的洋捕，與團隊培養出默契，他的配球也讓投手越投越好，助兄弟順利拿下二連霸，讓球隊更好，球迷看得感動又開心，希望他明年還能再來打。

其實選舉跟球賽很像，千萬不要想單靠一記特效藥來救選情。

因爲球迷不是觀衆，觀衆看熱鬧只看一下子，球迷看門道可是看一輩子；而且選民不是粉絲，粉絲不問回報地支持明星偶像，選民則會看績效，會不會做事，選完就知道。政治如果也想靠著魔獸等級的巨星來「變現選票」，熱潮過後，很可能只剩一片寂寞。

晚上看新聞，發現魔獸受傷了，霍華德老兄，如果這段半退休的日子讓你有點感慨、有點寂寞，我認識一群人也有類似的心情，來吧！請你看在台北演的舞台劇《明星養老院》（這次我有演，外號「魔頭」）！

趕兔子上架

新年前後，縣市長上任，又要忙補選立委，這種慌亂著急吵鬧不休，就像全民更年期，一起驚恐、盜汗，想安靜下來但熱潮紅不肯罷休。

可能是兔年過年比較早的緣故，打從二〇二三年十二月開始就是一陣趕，全民都像裝上某牌電池的小兔子，急促跳個不停。

我們的舞台劇《明星養老院》十二月演出，當然忙，彩排之餘還要追世足賽，加上難得來台灣的馬友友、郎朗、莎拉布萊曼，要看！《再會吧北投》與八小時的《如夢之夢》，要看！蔡依林與五月天、陳昇都開演唱會，要看！更不能錯過各縣市跨年煙火秀的焦點，白冰冰在花蓮跨年唱宇多田光的〈First Love〉與那襲孔雀開屏裝⋯⋯，接下來還有伍佰、張信哲等大咖上場，滿滿滿，可是每場都想看。

台灣就這麼大，姑且不論票房能否撐起這麼多演出，鐵錚錚的事實擺在眼前，台灣歌舞昇平得厲害！

新年前後，縣市長上任，又要忙補選立委，總統冷不防宣布兵役延長為一年，瞬間兵凶戰危就在眼前！民進黨立即喊出新口號，把「抗中保台」改為「和平保台」，劇情急轉直下，全民晃到暈車嗎？倒也還好，因為台灣脫口罩，一票人急著去日本玩；大陸解封，又一票人急著「潤」，這邊跑那邊跳，加上超徵稅收四千五百億到底該償債或發紅包，又吵成一團。

這種慌亂著急吵鬧不休，就像全民更年期，一起驚恐、盜汗，想安靜下來但熱潮紅不肯罷休，翻來覆去睡不好外加口乾舌燥，很容易因為小事而情侶口角、夫妻失和、親子反目，所以我特別準備籤詩一首，與大家分享：

勸君心定切莫急
安穩前行得好運
到底中間無大事
按部就班好安居

深呼吸，不著急，把電池先拿下來，等兔年再裝也不遲。

可是掐指一算，再過十幾天就過年了！還要送年禮、尾牙、買年菜，能找出空檔看三小時的電影《阿凡達2》嗎？對了，我的朋友張正芬三十號那天去看八小時的《如夢之夢》，至今都過一年了，還沒聯絡，讓我有點緊張呢！

你出錢就好

任何行業都需要世代交替，因爲沒有人能永遠留在場上。

全球棒壇最重視的「經典賽」本週登場，過去中華隊靠旅外頂級巨星代表國家出賽，像王建民就曾是王牌必勝投手；今年全隊三十人中有二十六人首度參與國際賽事，年齡分布從二十歲到二十八歲，史上最年輕，也最值得期待。

期待什麼？一日球迷盯輸贏，贏了笑，輸了垂頭喪氣；老球迷知道球賽好看在於「逆轉」，儘管陣營沒有超級天才投手，中繼、救援與防守更重要。眼前這些球員們若能在過程中突圍，將會決定台灣棒壇未來五年、十年的氣象，當然期待。

江坤宇就是首度入選中華隊，他二〇〇〇年出生，個子小卻臂力奇強，守二游，可跳可滾可截殺，飛撲轉身直接殺三壘，乾淨俐落，看完就變成他的粉絲。而旅美的張育成轉身揮棒加速度敲出清脆的「大聯盟感」擊球音，有位教練評論，「這一聽，就不像台灣人！」今年中華隊注定會很不一樣。

這批小夥子讓我想起二十多歲到日本訂做《嘎嘎嗚啦啦》要用的布偶孫小毛，與在日本銀行圈工作的朋友聊起兒童節目，他們說，其實銀行也把行銷目標放在兒童，因爲小孩就是未來，現在讓小孩帶動爸媽開戶儲蓄投資，未來自然也是銀行的客戶。

麥當勞推出快樂兒童餐，甚至連餐廳設計都考慮到兒童視角，因爲他們知道小孩就是未來；近年棒球賽事出現許多爸媽帶著孩子歡樂看球，都在厚植未來的觀眾基礎，養成習慣，就不怕少子化。

任何行業都需要世代交替，因爲沒有人能永遠留在場上。像經典賽開球的傳奇人物李維拉，身爲ＭＬＢ史上最強終結者，救援無數，他的名字就代表救援成功，現在也退居幕後。

年輕時老闆常對我說，「你多出點力！」後來當老闆，要出錢也要出力；最近幾年合作夥伴常對我說，「你出錢就好！」我就懂了，該多看年輕人表現、幫年輕人鼓掌！

以上請國民黨參考。林明溱是個好人，但，他七十二了！

都是貪狼化忌惹的禍

貪狼是開創型，有競爭力，但要當心貪狼化忌的「貪」導致急功近利，得不償失，要捨棄得失之心，才能大破大立。

最近風雲詭譎，研究紫微的朋友提醒大家注意流年四化，破軍化祿、巨門化權、太陰化科、貪狼化忌，其中破軍與貪狼都是開創型，有競爭力，但要當心貪狼化忌的「貪」導致急功近利，得不償失，要捨棄得失之心，才能大破大立。

貪狼的影響是全面性的。在大環境上，最近中國出手斡旋讓伊朗與沙烏地阿拉伯重新建交，習近平大出風頭！又趁勝拜訪俄羅斯的普丁，一心想讓俄烏戰爭停火。和平當然是好事，可是對美國來說，任何旁人出面調停，就是搶大哥的戲，直接派國安會發言人公開表示不支持中國提出的停火呼籲。哎呀，別氣別氣，貪狼化忌！

棒球也受影響，日本隊「二刀流」大谷翔平能投能打，非常耀眼，這位棒球天王巨星卻被捷克投手以連續三球、時速不到一百三十的慢速球三振出局！而且捷克投手的主業還不是打棒球，他是位電子工程技師，確實匪夷所思。

國民黨也逃不開貪狼。朱立倫在縣市長選戰主導提名，尤其張善政挑戰桃園成功，讓他加倍自信，感覺眼前的二〇二四年總統大選跟著聲勢大振，沒想到忽然冒出個高爭議的選策會，還沒提名候選人，已經搞得輿論譁然、天下大亂，才灰頭土臉喊停，這自找的一棍子打得國民黨分不清東南西北。

藝人也受影響，韓國女團 BLACKPINK 來高雄開唱，「防疫女神」賈永婕也去了，喜滋滋貼出照片卻引發網友炎上攻擊，因爲她站著看，擋到後面觀衆。唉！誰想得到疫情兩年來救人救命無數的賈永婕，居然只因爲站著就惹禍。更倒楣的是劉文正，明明已經低調到極點、隱居數十年，還是能傳出烏龍死訊，只能說這隻貪狼太猛！

本週與幾位作家相約吃春酒，想到大家立場南轅北轍，趕緊提醒自己要低調，千萬不能我看你不順眼、你看我不順眼，但偏偏吃飯地點在「海峽會」！哎呀！這海峽，還能會嗎？

一輯三一

吃什麼？做什麼？想什麼？——一家人走到哪兒都是一家人

與老媽徜徉在黃色笑話裡

黃色笑話很挑人講，有些人一講就顯得猥瑣，但笑話從費玉清口中說出，一點都不髒。母子兩人能並肩徜徉在黃色笑話裡，眞要感謝費玉清！

週末跟媽媽看小哥費玉清告別演唱會，也許是母親節效應，滿場可見緩緩扶著欄杆扶手、爬高就座的老太太，朋友媽媽環顧四周說，「台北一半的媽媽全來了！」

這場演唱會眞精彩，他就是民國時代的梅蘭芳，歌路宜男宜女，聽著他唱鳳飛飛、鄧麗君，彷彿塡補全場歌迷沒能好好告別兩位歌后的遺憾！接著唱起江蕙，忍不住惆悵，費玉清退休後，這些經典好歌，誰唱？

費玉清認爲歌要唱得好，光唱對音準還不夠，尤其小調，要懂得善用修飾音來表現個人風格，如此才能「徜徉在音樂裡」。而且自律如他，覺得睡好覺也是表演工作的一環，所以四十多年來準時上床睡覺養體力，為上舞台作足準備。他說起告別歌壇後的心願居然是「想睡就睡、想起來就起來」，打從心底為他喝采，這願望跟他的人一樣，極度單純，不需要華麗的包裝，難怪能唱什麼都好聽、講什麼都好笑，他就是現代老萊子，能讓媽媽們笑得合不攏嘴。演唱會上最難忘的一刻是費玉清開始講黃色笑話，黃色笑話很挑人講，有些人一講就顯得猥瑣，但笑話從費玉清口中說出，一點都不髒。

小時候我媽只要抓到我偷藏黃色照片，就是一頓打，這個晚上，這位八十四歲老太太跟我一起聽費玉清講黃色笑話，而且她樂得呵呵笑，最重要的是，聽完居然沒打我！母子兩人能並肩徜徉在黃色笑話裡，真要感謝費玉清！

有人告別、就有人入場，隔日，《聲林之王》進行第二季海選，在台北、台中搭起戶外舞台試唱，都遇大雨。雨中看著音樂素人用自己的口氣、感情詮釋歌曲，小哥說得對，有風格、才有意思。

這趟搭高鐵趕場，在台北車站遇到葉匡時，我們聊游泳，沒談政治；車上遇到台中建商好友，談政治，沒談建築；返程遇到退輔會主委李文忠，談老兵談眷村，沒談蔡賴。這趟高鐵很像人生，會遇到各式各樣的人，談各式各樣的話題。聽說費玉清平日很喜歡搭火車看山看水，不知下一趟搭車，是否有幸遇到他？

孩子的婚宴名單

華人父母傾向把孩子婚禮辦成自己畢生功績的慶功宴，

但我眞心認爲孩子的婚禮，就該以孩子爲主，不該由爸媽的恩怨決定。

最近影劇圈最受人矚目的好消息，是林志玲跟日本人結婚（讓不少台灣郎傷心），目前這對新人最傷腦筋的，我猜是婚宴名單。

婚宴名單是個大學問，男方幾桌、女方幾桌，請誰、不請誰，都有原因，也都能挖出故事。尤其影劇圈的婚禮格外引人矚目，一份小小名單可以輸入數十載的恩怨情仇，婚禮上記者不只關注誰來，更關注誰沒來，而且誰跟誰一桌、誰跟誰王不見王，連紅包大小都能大作文章。

我結婚當年已經三十六歲，自以爲在圈內人緣極好，廣邀百桌宴客兼公關，還收禮金，想想眞有點抱歉。若當年賓客心有不甘，歡迎找我，再請您吃飯。後來有段時間曾經對某媒體老闆極度不滿，但又沒轍，只能咬牙想出最狠絕招，「以後我女兒結婚，絕對不發帖子給他！」潛意識已經把婚禮名單當作陟罰臧否的武器，而且，還眞有旁人這麼幹！

但等女兒眞長大了，我開始對婚宴名單有了不同的看法。

華人父母傾向把孩子婚禮辦成自己畢生功績的慶功宴，但我眞心認爲孩子的婚禮，就該以孩子爲主，不該由爸媽的恩怨決定，更該謝絕把爸媽ＬＩＮＥ裡認識的人全塞進名單，免得新人敬酒時滿桌陌生人，婚宴搞成介紹大會。尤其這類客人跟新人不熟，到會場致意就走，或是上了第一道菜就走，弄得場內空蕩蕩，尷尬！當然也有另一種可能，客人自己搞個小圈圈喝得很開心，結果新人送完客一看，他們還在High！

我女兒的婚宴名單不需冠蓋雲集，唯一標準是女兒能不能喊出對方的名字，就算是我的好友，只要她不認識，一律不請。尤其現在不流行大宴賓客，很多婚禮根本不收禮金，就是場親友間的溫馨聚會，跟排場、跟公關、跟社會地位無關，更跟老爸老媽的喜好無關！

所以諸位未來若沒接到我女兒的喜帖，千萬別介意，我絕對沒有挾怨報復。

好在還有替代方案

人生在世，碰到問題千萬別慌，再想想，一定有別的辦法！

這陣子長榮空服員罷工，寫專欄時尚未落幕，旺季機場竟空蕩蕩，不少旅客受波及，包括我家。

老婆暑假固定飛去美國看女兒，原本她預約的航班沒罷工，隔天一查，取消了！趕緊通知女兒今年去不了，女兒聲音聽起來格外失落，我家總司令當場一咬牙、一跺腳！貴就貴吧！改飛華航，誰都別想擋她看孩子！

幸運排到候補，老婆看到報價一驚，臨時買票價格果然翻好幾倍，而且旅行社提醒，馬上刷卡才能確認位子，她抓著錢包，素顏直衝旅行社，出門前問她，要不要送她去，總司令豪氣干雲地說，不必！自己開車很方便。

無奈一罷工，原本很方便的，都變得很不方便了。

旅行社裡擠滿行程受到影響的旅客，老婆心想都喬好了，兩分鐘刷個卡就好，因此車停路邊，只要再等一位，就可以輪到她。

但眼前這一位，沒完沒了。他是個父親，想帶孩子出國開心度假，原本安排的行程取消必須重訂，價格肯定高，在「開心」與「預算」之間的糾葛特別難擺平，他A方案問問、B方案斟酌、C方案衡量，眼看就要拿出信用卡刷下去，老婆內心跟著歡呼……但他又放下卡，繼續問問題。

天下父母心，性格乾脆的老婆強忍著沒催，忽然外頭有人喊，「拖吊車來了！」

這下，她只能嘆口氣去移車。我想起以前聽相聲，有個人排隊買燒餅，旁人一直用各種理由央求插隊，他都心軟答應，沒想到輪到他，燒餅賣光了！

本想講這個燒餅故事給排隊的老婆解悶，但想想會自討苦吃，只敢問她後來呢？她說，停好車回來一看，前面又排了好幾個人，而且那位先生居然還在……。

人生在世，碰到問題千萬別慌，快找出替代方案解決。好比早餐忽然想吃又厚又香的貼爐蔥燒餅，華山市場的阜杭豆漿永遠大排長龍，沒關係，再想想，一定有別的辦法，對！金山南路的阿唐燒餅也好吃，只是還有個新問題，阿唐有甜燒餅、肉燒餅，唯獨蔥燒餅限定下午三點以後才出爐！

唉！有一好沒兩好，人生啊！

Sunrise, sunset

四十年後，在紐約百老匯再看這齣戲的舞台劇版，
台下的我，恍如變了場人生魔術。

歲月，很有意思。

四十年前特別喜歡歌舞片《屋頂上的提琴手》，整天哼主題曲〈Sunrise, sunset〉，但爲何深受吸引？說不出個所以然；四十年後，在紐約百老匯再看這齣戲的舞台劇版，全程希伯來語對話，搭英文字幕，熟到不能再熟的歌依舊令我熱血沸騰，徹底明白當年的不明白。

這戲講十九世紀末俄國猶太人生活，窮爸爸煩惱五個女兒的終身大事，偏偏女兒想跟違背傳統的對象結婚，讓老爸傷透腦筋，最終還是用愛包容，在婚禮上唱起〈Sunrise、sunset〉，問眼前的小女孩，什麼時候已經長大要結婚了？

台下的我，恍如變了場人生魔術。

看電影時，認同的是想爭取自主的女兒；看舞台劇時，身旁就坐著大女兒，凝視這張細緻美麗的臉龐，腦海裡還是她哭哭笑笑、伸手要抱抱的可愛模樣，怎麼一晃眼，下週就要登記結婚了！同一首〈Sunrise, sunset〉，字字入心，唱得我熱淚盈眶。

結尾，所有猶太人被迫離開家鄉，小時候不明白其中厚重，長大後方知只要曾流離失所，會懂這一步步的情緒。一如當年眷村爸爸媽媽，看不到未來，只想找個家。

好友田浩江是旅美聲樂家，在北京長大，長住紐約，看完戲也深有同感。他開車帶我去世貿中心遺址九一一紀念館，他說，十八年沒到這附近，因爲當年就住在隔壁兩條街，九一一前才搬走。靠太近，心會痛。

事發前，他覺得人在這，但心沒找到家；直到飛機撞上雙塔，面對這麼大的災難，必須勇敢、團結、互助，才開始覺得自己像個紐約人，這裡像家。後來他舉家遷到中央公園旁，從窗口可以俯瞰林肯中心，眞巧，一九八五年，《嘎嘎嗚啦啦》得到紐約國際電視電影展銀牌獎，我以得獎通知申請到美國簽證，就是在這裡領獎。

當年的我好青澀，帶著孫小毛，一人一偶闖江湖，在旅館小房間裡反覆用英文演練四十分鐘，才敢打電話給航空公司確認回程機票，掛下電話，渾身冷汗，立刻開瓶小樣品酒壓驚，浪費好幾塊錢。

Sunrise, sunset，當年的我，上哪兒去了？Sunrise, sunset，當年的小寶貝，又上哪去了？

婚姻一點訣

男人都愛要帥，你就給他點空間；
當他做了錯事、囧了，不要逼他到牆角，給他留個下台階。

近日八卦焦點是藝人疑似假戲眞做，把私人感情活成八點檔，現在自媒體盛行，觀眾透過影片就能身歷其境看三方吵架，跟著議論紛紛，簡直就像住在他們家裡。

記得有人曾說「演戲就是合法犯罪！」在舞台上可以熱戀、可以怒罵，甚至可以謀殺；不拿出眞心，怎麼讓觀眾入戲？就好像女神卡卡跟布萊德利庫柏戲裡演情侶，戲外到了奧斯卡頒獎典禮上合唱入圍主題曲，依舊含情脈脈。很多銀幕情侶從戲裡愛到戲外，愛得難分難捨，可是一走入生活，碰到柴米油鹽醬醋茶，難免分手告終，因爲感情維持不易。

大女兒結婚前夕，跟我坐在沙發上閒聊。她問，「你跟媽交往多久?」「七年」「結婚多久?」「二十六年。」「哇！一共三十三年！那你們怎麼維持婚姻?」

這是個好問題。

就像李敖曾說，再美麗的女人，回到家裡都要蹲馬桶。從天王天后到販夫走卒，婚後都要面對生活的考驗。既然女兒問起維持婚姻的祕訣，江湖一點訣，說破不値錢，身爲老爸，必須認眞回答。

我說，我跟你媽認識三十三年來，從年輕到現在、從交往到婚後，你媽從不去攝影棚看我錄影，到辦公室的次數也屈指可數，爲什麼?因爲她知道我就是愛耍帥（其實我最大的無知就是自以爲很帥），知道我喜歡呼風喚雨、發號施令。

尤其在《星光大道》、《中國達人秀》當評審，一開口簡直就是萬眾矚目，耍帥耍到翻天，自我感覺超級良好。因此，她從不跨足我的領域，怕一露臉，我就綁手綁腳、破功了。

告訴女兒，男人都愛耍帥，你就給他點空間；當他做了錯事、囧了，不要逼他到牆角，因爲困獸猶鬥，給他留個下台階。記得這兩點，夫妻一路攜手、一同學習、進步，婚姻不難。這時候老婆走進來看了看我，告訴女兒「不要聽你爸胡說，走了！我們試衣服！」兩人高高興興離開，留我一人。

低頭看看獨坐沙發的自己，年過六十、眼袋低垂、小腹微凸、髮際往後，唉！還想耍帥？當場被打回原形！

母親節最要緊的事

子女最要緊的使命，就是陪媽媽回憶往事，專心聽她說說話，一起再活一次。

週末母親節，媽媽近年不大出門，便帶著南門市場金峰濃郁的滷肉汁、肉羹跟一堆小菜，陪她吃母親節滷肉飯。門一開，我笑了，「您塗口紅啦！」「過節嘛！」這位老太太今年八十七了，巧思仍在！

她問起外面人多嗎？順便分享報上說卡介苗對病毒抵抗力應該有點幫助。我們聊到四〇、五〇年代時最可怕的小兒麻痺，至今仍記得當年半夜巷子裡媽媽們察覺孩子發燒後雙腳站不起來，而爆出的絕望哭聲。

我們這輩不少鄰居、同學罹患小兒麻痺，其實疫苗就能預防感染，可是那時沙克、沙賓必須自費，量少價昂，一般人根本負擔不起，爸媽們當然萬分恐懼，卻只能煮艾草水幫孩子洗澡，希望增強免疫力，內心的無助可想而知。

我家也沒錢買疫苗，媽媽特別在紗門外用粉筆畫了條粗線，指著線，斬釘截鐵地說，「超過這條線，我打死你！」儘管「打死你」是我打從娘胎就學會的字彙，但這回媽的神情特別焦慮，每次推開紗門衝到線前……自動緊急煞車，乖乖退回，靠著居家隔離幸運逃過一劫。現在想想，我媽可說是最早的陳時中。

話題一開，我們講起當年學校排隊噴藥打頭蝨、打預防針的盛況，醫護著白制服進入校園，頗有戰爭氣氛！如果把眾人排隊挨針表情放上抖音，應該很好看。打完針，醫生宣布不舒服可以請假，鑽縫專家如我當然立刻告訴媽媽身體不太舒服，硬是躺在家裡休息兩天，沒病又硬要躺著，頓時有了女人懷孕養胎感受。

媽媽愛講故事，我百聽不膩，更佩服老婆次次聽、次次都能像第一回聽到般捧場，讓媽媽越說越起勁，眼神散發光芒，讓我非常感動。有人說交女朋友有兩類，一種是媽媽型、一種是妹妹型。本來認爲老婆當然是妹妹型，但婚後發現她自然蛻變成爲媽媽型，而且跟我媽一模一樣，她們對付我特別「行」！

其實媽媽們在母親節最在乎的根本不是紅包多大包、餐廳多昂貴、康乃馨多大束，子女最要緊的使命，就是陪媽媽回憶往事，專心聽她說說話，一起再活一次。

食物親、土親

吃完米糕，告訴女兒，以後回嘉義，阿婆、阿桃，就是我們的家人！

女兒從美國返台，結束十四天隔離，陪她回嘉義祭拜老爸。

拈香時我說，「爸！您孫女大學畢業、結婚了！」說著說著，莫名其妙哽咽起來，女兒秒拍我的背，眞是「知父莫若女」。我們坐在老廟前波羅蜜樹下，女兒好奇問，爺爺走了二十多年，爲什麼你還這麼難過？

很難明說內心感受。軍人薪餉極少，爸完整上繳給媽，自己到處當司儀賺點外快零花，他可說是台灣第一代「婚顧」！想到他主持這麼多婚禮，卻沒等到我的婚禮，還有我女兒的婚禮……，這麼喜歡小孩、偏偏沒抱過自己孫女，就走了……。

調整情緒，帶女兒找村子老鄰居、台灣太太阿桃開的麵店吃麻醬麵，這是我的「安慰食物」。吃在肚裡，暖在心裡。走到門口發現居然沒開！原來三月起疫情嚴重，阿桃決定放員工整整半年的有薪假，她的紓困方案比任何政府都強，嘉義之光！

立刻轉吃肉圓，落肚爲安，下個目標是阿婆米糕，也是我從小吃的口袋名單。

女兒邊品嚐米糕，提到她跟美籍夫婿很關切台美中三地未來動態，想聽聽我的看法。我說，世事多變，台灣現在是美中之間的棋子，角色尷尬；而我父母來自大陸，不可能仇中；在台灣長大，也不容任何人傷害台灣，可是相關議題在網軍操弄下變得尖銳，意見不同就戰成「隔空仇人」！告訴女兒，感到疑惑，不妨出來走走，看得比較清晰。

好比阿婆米糕，我們跟第四代老闆聊起當年，阿婆推攤車到村子口，當時眷村就是個貧民窟，我們語言不通，可是一天一天吃下來，她喊得出眷村孩子的名字，記得大家的口味，好比她總喊我「阿忠！」幫我特製兩面煎焦黃的米糕，加上她的獨門米漿醬油，我吃光後，還會把醬汁喝光！連第一口鹹肉粽，也是阿婆包的！因爲我們家都吃包豆沙的甜粽，還眞沒吃過裡面包豬肉、花生的鹹粽子！阿婆開啟我的台灣味，現在想想，她眞像是眷村孩子的台灣阿婆！

吃完米糕，告訴女兒，不論未來局勢如何轉變，以後回嘉義，阿婆、阿桃，就是我們的家人！

該把時間花在哪裡

飲食傳統如不堅持，很快就佚失。願把時間花在手工菜，心意更顯珍貴。

今年過年，大女兒回來了，她十年沒在春節返台，這次回來說自己開始工作了，還包紅包給我們，頭一回拿到女兒發的紅包，感覺……特別厚！

既然兩女兒都在台灣，年前老婆喜孜孜地帶她們上傳統市場買菜體會過年氣氛，順手打卡，發現許多朋友也在南門、東門市場人擠人。儘管越來越多家庭圖方便，選擇外帶年菜或上飯店過年，還是有人願意花時間準備年菜，堅持把家族味道傳承下去。

奶茶劉若英也是如此，她相夫教子、發片，還會作菜，我們去她家拜年兼打撲克，她拿出臘八那天泡製的臘八蒜，臘月八號除了做臘八粥分享左鄰右舍，還以米醋醃蒜，除夕就能吃。我驚訝地說，我家以前也吃這個！

奶奶還在的時候，我們年初一早上吃素，用十種菜餡包素餃，以臘八醋沾餃子、再咬一口臘八蒜，絕配。全家老小滿口蒜味，在冬陽下走二十分鐘上山到天龍寺拜佛祈福，再坐下吃素齋，胃飽了、心安了。

小時候在眷村過年，除夕下午小孩們就按捺不住了，像我猛聞新衣香氣，連新鞋的塑膠味聞起來都極香極好，但媽媽交代大年初一才能穿新衣，不敢造次。我們等著看誰家小孩除夕就穿出新衣，一面笑他好糗好騷包，一面求媽媽讓我們也跟進。所謂新衣，多半就是新的學校制服，但這完全無損過年的美好。一直想找個老眷村做沉浸式劇場，主題就是「大過年」，重溫舊日時光。

飲食傳統如不堅持，很快就佚失。好比上海人過年要自己起油鍋煎蛋皮、包蛋餃，山東人要吃鯽魚、海帶、白菜做成的酥菜，台灣則吃長年菜，還有人家會準備豬腳魚翅（將豬腳去骨，保持完整外皮，包入冬粉替代魚翅羹）等阿舍菜，都費工耗時。願把時間花在手工菜，心意更顯珍貴。

過年期間，大多數人的時間還是花在滑手機。真沒想到年後最大新聞是變性網紅疑似懷孕三個月，瞬間吸引眾多網友、記者花時間關注。

有句話說「時間花在哪裡，成就就在哪裡」，嗯……在此祝福各位新的一年都能有所成就。

吃什麼？做什麼？想什麼？

疫情不能群聚，全世界只剩我跟老婆。每天一早她問，「你晚上想吃什麼？」各位，這是陷阱。

結婚十五週年時，老婆跟我飛到日本京都慶祝，住進日式旅館一泊二食，晚餐就在房裡吃懷石料理。菜一道一道上，我倆邊吃邊聊，燈光昏暗、情調很好，從我們認識那天一路聊到結婚、兩女兒出生、長大……，當話題全數出清，菜卻只上到一半！當場頓悟一真理：往後不論去哪，必須群聚；一堆人玩，比兩人容易多了。

可現在疫情不能群聚，全世界只剩我跟她。每天一早她問，「你晚上想吃什麼？」各位，這是陷阱。

「都可以……」「都可以是什麼？」「隨便～」「隨便是什麼？」「那，家裡有什麼就吃什麼？」「兩人很難做欸！」這感覺，真像天天check in京都老旅館……。

老婆一輩子上班，是Office Lady，但回到家就是廚房大將軍，「餵飽家人」是大將軍的責任、義務與榮耀。儘管冰箱堆滿「山東餃子」、「餃子樂」、「餃子大王」、「巧之味」、「東門興記」，但大將軍才不屑老跟這些東西混，吃飯時間不動鍋鏟，會讓他們身心無法安頓；看著新聞批判傳統菜市場還是天天人擠人，我懂，一群大將軍上戰場了。

治大國如同烹小鮮，兩者皆不易。老婆整天盤算著吃什麼，政府也該要牢記人民要什麼，相關議題資訊眾多，不再贅言。

除了吃什麼，疫情期間「做什麼？」與「想什麼？」也能看出個人差異。

好比我這兩週看了《故宮六百年》、《蘇東坡新傳》，從歷史挖出點新鮮角度；影集方面，正熱門的《火神的眼淚》還沒看，先追完《好萊塢教父》第三季，因爲各國都有火神的眼淚，但少見七十歲老頭能當主角。

其他時間看影片做運動，男教練示範難度太高，不做；女教練示範，又沒有女教練本人在場，更不做，乾脆放冥想音樂打坐。

跟各位報告，我已經從原本只能坐三分鐘，大幅進步到七分鐘了！

至於「想什麼」，難免會算算本公司在這波疫情到底能虧到什麼時候，然後，就要結束了⋯⋯不，才不！老子腦袋瓜好，一定會想出些點子過關！刹那間雄風再起！⋯⋯

老婆，今晚吃什麼!?

老家變豪宅

豪宅取代村子，彷彿是種進步，但內心知道老家就此消失無蹤。我曾以為會在村裡住一輩子，以為長輩們會永遠不老、永遠都在……。

一早打開手機，看到房地產新聞標題「嘉義最豪聚落 王偉忠老家房價上看ＸＸ萬」，緊張到心臟少兩拍，趕緊往下讀，原來我們眷村夷為平地二十年後終於招標，可望成為嘉義的豪宅區。

痴心想著建商會不會試圖保留一點點眷村文化元素紀念過往？好比紅磚、老榕樹，或是樹下放一排讓老人家聊天乘涼的椅子。未來住戶可有機會知道這裡曾是舞台劇《寶島一村》的村子，還見證過八點檔連續劇《光陰的故事》裡的光陰與故事……。

當年眷村拆光後，我們牽著孩子陪媽媽回去看看老家。兩千戶、五十多年的生活，化爲滿地殘磚、石塊，外加幾株枯樹，媽媽站在空地上就著四周地景，總算定位出「我們家」在那裡。

我曾以爲會在村子裡住一輩子，旁邊是可以分享臘八醋、臘八粥的街坊鄰居，在我們帶男女朋友走進巷口那一刻，會集體安靜下來，等打完招呼走遠後，再開始指指點點；過年時熱鬧得不得了，家家戶戶鄉音不絕，我甚至以爲長輩們會永遠不老、永遠都在……。

有個美國人南西懂這情緒。她找金主募資，把安徽黃山一座兩百年的木製民宅完完整整拆運到波士頓私人博物館，保留下粉牆黛瓦、桌椅家具、暖水瓶、臉盆、算盤、毛巾、被褥等日常物件，以及兩百年來人們的生活痕跡。爲什麼？

因爲當時一九九八年，老屋不拆遷，留在當地就等著「拆哪」。二十多年過去，這類保存良好的老宅已成寶藏。

文化是這樣，用心保存，就有價值；如果長期輕視、忽視，會自卑到連提都不願提起。

好比最近的台語文藝復興運動，政府透過一〇八課綱把中國史轉成「中國與東亞」，從官方與民間全面推動台語文，安排頻道打上台語文的字幕，八點檔幾乎全是台語劇，看得出文化重心移轉。回想國民黨執政早期獨尊國語、禁用台語，現在不也是一種報應？把時間拉長來看，難道我們的歷史，注定成爲一連串報應的紀錄？

豪宅取代村子，彷彿是種進步，但內心知道老家就此消失無蹤。我這南部小孩，在台北繼續假裝帥帥地活著。

噴氣兒回來了

家裡最叛逆的那個，往往也是在重要關頭最顧家的一個。

上週鍾孟宏導演新作《瀑布》上映，他過去作品《一路順風》裡的納豆、《陽光普照》裡的劉冠廷，都讓人一見難忘！這次《瀑布》裡媽媽賈靜雯跟女兒王淨鬥得驚心、愛得暖心，母女倆都精彩。

這部電影與現實很像，家裡最叛逆的那個，往往也是在重要關頭最顧家的一個。原因很簡單，儘管親人不好相處，在一起會埋怨、會生氣，但還是拚盡全力保護對方，因爲更不希望對方就此消失不見。

當年我媽最勤教嚴管的是我大姊，當媽發現她偷交男友，氣得乾脆收掉我家的小麵店，不然以我媽手藝，現在就是嘉義鼎泰豐。大姊頂嘴幾十年，現在陪媽媽打疫苗的，還是大姊！

母女情結有各種原因，有的爸媽感情不好，女兒彆扭；有的爸媽感情很好，女兒彆扭；有的爸爸跟女兒感情很好，換媽媽很彆扭。有的媽媽覺得女兒不如己，嫌女兒不好；有的覺得女兒跟自己當年一樣好，卻糾結在爲什麼女兒能有夢想，年輕的她卻沒有！所以當我讀到我們公司藝人那祈在短文裡寫下「有時候眞的想打自己媽媽，是對的嗎？」忍不住會心一笑，這就是母女相愛相殺的戰爭啊！

我對人情世故的了解來自小時候的村子。好比最近老鄰居一家人來台北看我媽，他們姓宋，宋媽媽是我媽的閨蜜，我媽叫她「噴氣兒」，說她講話速度比飛機的噴射引擎還快。我媽跟宋媽媽每次生孩子的日期都差不多，他家沒長輩，奶奶總是一次煮兩份補品，幫兩個媽媽坐月子，兩家特別親。

宋家三姊很特別，就是她的裙子總捲得特別短！印象中的她就是個二十歲的叛逆辣妹，叛逆歸叛逆，宋媽媽離開之後，家裡的事情都找她，特別能幹。

這回見到七十歲的宋三姊，我嚇一跳說，「哎呀！人會復活，噴氣兒回來了！」因爲她長得跟宋媽媽一模一樣，她自己也笑著笑著忽然哽咽說，「對啊！我怎麼會這麼像我媽！」奇怪，這年紀講到自己爸媽，鼻子怎麼都會酸酸的？

原來不管是孝順、是叛逆，回頭一看，每個人都沒變樣，但都慢慢活成了爸媽的模樣。

人同此心

每次讀到猶太智者拉比如何排解紛爭，都會想到我爸，他就像我們村裡的拉比，用智慧與幽默讓鄰里和平共處。

昨天回嘉義給爸爸上香，爸爸在三十年前的兒童節離開我們，三十年興衰，不只台灣改變很多，整個世界都變了。

爸爸過世前最掛念村子的拆遷。他是村長，知道幾戶因爲身分問題，沒辦法分配到新房子，擔心未來這些老友該上哪住？

當年衆人離開家鄉到台灣，在村子裡住了多久，違建就有多少，而且家裡人愈多，違建蓋得愈高，畢竟誰都沒想到會在這小房子裡生養一代又一代，當然引發很多衝突，大事小事，都是村長的事。

這家搭根竹竿，戳到隔壁老太太的頭，要找爸爸主持公道；那家在空地砌堵牆圍院子，兩家整天吵，也來找爸爸；爸說，那再砌道牆隔開，這樣你看不到他、他看不到你，剛好。

當我看到對岸中央台連續劇《人世間》主角住的「光子片」老街坊，窄巷破瓦，心裡猛然一震，太像我們村子。這戲雖是官方主旋律，卻帶著誠意處理文革與歷史的矛盾，實屬難得。劇中人也顛沛流離，幾十年歲月，有的成功、有的失意，聽到劇中老爸爸的一句「回家吧！」立刻想起我爸。所謂人同此心，曾與所愛分離的人都能懂；難怪我媽看到烏克蘭難民新聞，總是特別關注。

最近參觀堂娜夫婿薛智偉創辦的猶台文化交流協會，提前品嚐猶太逾越節的潔食餐，包括無發酵餅與羊肉等，這是他們紀念上帝讓猶太人自由、不受埃及人奴役的節日。

猶太人更是顛沛流離的民族，我們日出開始一天作息，猶太民族卻是日落起算新的一天，永遠在黑暗中出發，讓他們民族的適應力特強。數千年來，從出埃及記到以色列建國，經歷納粹大屠殺與中東戰爭考驗，還是堅強生存下來。

猶太人數雖少，但他們努力說猶太故事，透過故事將文化代代相傳。每次讀到猶太智者拉比如何排解紛爭，都會想到我爸，他就像我們村裡的拉比，用智慧與幽默讓鄰里和平共處，有笑有淚的故事太多了。

任一時代、任何地方，都有這麼一群顛沛流離的人，這群人的故事都該不斷地訴說下去，讓他們感到「回家了」。

用一輩子準備的禮物

打從老婆生產前兩個月，我把攝影鏡頭對準她的大肚子，開拍今生最重要的作品……。給女兒的結婚禮物就是這準備二十多年的影片。

本來不想在專欄談私事，但與各位讀者畢竟相處將近十五年，應該可以分享一下嫁女兒的心情吧！

三十六歲那年父親過世，頓時覺得白天的太陽、晚上的月亮都少一大塊，很想擁有屬於自己的家庭，於是與交往七年的女友結婚。有天老婆說她懷孕了，我拿著兩塊蔥油餅在街上傻笑半天，那年三十八，仍覺自己是個孩子，居然要當爸爸了！

「爸爸」是門絕對要做好的功課，接送、陪伴，從不缺席，還超前部署！打從老婆生產前兩個月，我把攝影鏡頭對準她的大肚子，開拍今生最重要的作品，從大女兒出生、幫她換第一片尿布、雙滿月、走路、說話，然後上幼兒園、上小學、教她數學（小四之後就教不下去了），歷歷在目。十歲之後，她就像牙買加百米紀錄保持人波特，一路往前衝刺長大，快到來不及記下；明明不久前還說要去迪士尼樂園，現在，要嫁人了。

婚禮當天，我的任務是陪女兒走上紅毯，將她的小手交給「那個男的」，說實話，這規矩非常殘忍。我走進新娘房，看到一個很高的女人披著婚紗，當場喜悲交錯，嘴上想說「從小看妳長大」，卻哽咽得說不清楚，就像身體裡有個幫浦忽然打開，眼淚關不住。

挽著她走上紅毯，邊走、邊輕拍她的手臂，反覆說著「女兒啊！妳要嫁了！」想告訴她夫妻相處不易，希望她能不受委屈，但有時要忍耐。

女婿很好，特別請哥哥的律師女兒擔任證婚人，表示對我們家族的尊重。姪女的證詞以及兩人的結婚誓詞都很動人，抬起頭對著加州蔚藍天空說，「爸爸、大哥，看看孩子們多好！」我的幫浦，又打開了。

給女兒的結婚禮物就是這準備二十多年的影片，婚禮過後，她跟女婿一起看。第一個畫面是太太對著肚子裡的她講話，女兒立刻感動哭了，我則既感動又頭大，很怕二女兒問「爲什麼都沒有我！」我們發誓，對兩人的愛一樣多，可是大女兒影片超多，二女兒則……，「勤快」的爸爸與「負責」的爸爸還是有差別，看來得多多彌補了！

夫妻的不信任狀態

身邊夫妻檔多半各投各的，保持對賭的「不信任狀態」，也好，反正總有一方是贏家。

本週大家都聊梅西，他一個窮小子出身，帶領第三世界的阿根廷隊打敗強國法國隊，終於揚眉吐氣。台灣似乎從這屆開始全民瘋世足賽，我老婆就是指標，她居然半夜爬起來看球，而且首度下注，就贏了！

二〇二二年是老婆跟我初次賭運動彩券，投注站老闆娘是位六十多歲的婦人，一看便知我倆是「素人」，連規則都不懂，她詳細解說怎麼選，怎麼算讓分，比球評還內行。後來一如我們預測，法國二比〇勝克羅埃西亞，當場淨賺六千多，我說會贏是因爲我告訴老婆該買二比〇，但她不從，堅稱是她有天分。

冠軍賽必須熱鬧，先邀親友來家裡看球，衆人已讀不回，好在朋友揪我們去旅館酒吧。行前再投注，這回老婆不聽我的，死忠法國隊，我想應是她們熟女獨鍾小鮮肉姆巴佩；我當然支持悲劇英雄梅西，屢敗屢戰的追夢滋味，我們懂。而且身邊夫妻檔多半各投各的，保持對賭的「不信任狀態」，也好，反正總有一方是贏家。

大賽開打，進球歡呼，沒進更要大吼大叫，連法國總統馬克宏都把西裝脫了、領帶拆了。一路峰迴路轉，滿屋子同喜、同悲又同喜，瞬間多了很多麻吉。看到沒看到沒？姆巴佩罰十二碼時，梅西正在整理襪子，對方一進球，他臉上那抹無奈的笑容，喔！全球心碎。

ＰＫ更讓人坐立不安，守門與球員靠著微細的肌肉張力變化對賭，單挑失敗就是民族罪人，壓力讓人忘了呼吸。結果大家都看到了，可是能同步見證梅西最後一抹燦爛夕陽，走進台北寒流中，連空氣都變溫暖。

雖然因正規賽和局，我跟老婆都沒贏，但一點都沒關係；超high地想叫車回家，從計程車叫到Uber都沒車，沒關係；朋友想點個外送美食慶祝，一路等到清晨變早餐，沒關係；就算體內血絲隔天全跑到眼球上，也沒關係，因爲梅西，我們甘之如飴。四年後美加墨大賽再見！

喔，Uber來了，我們回家囉！

怎麼抓住美國人的要害

左一點？右一點？到底抓不抓得住？

從未來領導人到岳父，不要懷疑，伸手抓抓看就知道了。

本週全家集合，洋女婿既然來到我的地盤，當然要顯擺顯擺。

先帶去永樂市場丸隆吃壽司，老闆是我大哥；接著在鼎泰豐一〇一店遇到楊老闆本尊，女婿發現我這岳父居然跟小籠包創始人很熟，開心合影，還用中文說「謝謝爸爸！」八國聯軍後能當洋人的爸爸！聽了極爽。

接著全家飛去日本，踏出機場，空氣還是冷冽清爽，這是洋女婿第一次到日本，處處新鮮。

疫情後，發現台灣的料理水準已經不輸日本，從高檔的壽司、天婦羅到平價的拉麵、豬排飯、咖哩烏龍麵，都不必專程飛到日本品嚐，但服務的規矩與細膩度，日本還是略勝一籌。

只是這裡少子化日益嚴重，許多餐廳聘不到年輕人，開始雇用外籍服務生，多是通英語的菲律賓人或印度人；計程車司機則高齡化，老先生七十歲了，依舊西裝筆挺在東京街頭風馳電掣。看來我們戰後這代包括行政院長蘇貞昌，無論幾歲，都不想離開「駕駛座」！

我從小喜歡照顧人，希望大家都玩得開心盡興，舉凡華人，不論在大陸、台港、美國、星馬、韓國，甚至蒙古，只要喝喝酒、打打球，就能摸清七八分性格。可老外不一樣，美國女婿雖是半個兒子，但沿途觀察，還是看不出他到底開心不開心……，當他說喜歡這道菜，到底說眞的？還是禮貌？就像跟外國人談判，總搞不清楚到底被人吃豆腐？還是自家佔便宜？忍不住懷疑起美國人。

可是副總統賴清德有交待，千萬不要懷疑美國人，所以我打算平常心，該怎麼樣就怎麼樣。

有人說男人交友跟狗很像，狂咬一陣，就熟了，我對老弟如小部、小郭向來抓要害！

要害一抓，就不生分，只是該怎麼抓美國人的要害？

左一點？右一點？該僧推月下門？還是僧敲月下門？爲了未來孫子孫女著想，決定比平常位置往上一點，至於到底抓不抓得住？從未來領導人到岳父，不要懷疑，伸手抓抓看就知道了。

—輯四—

F.R.I.E.N.D.S——男人的內心小劇場

過年必修紅包學

朋友間感情好不好，真要看紅包才知道？那不就無聊了？

過年前，看到澎恰恰參加某場婚禮，禮到人不到，包了三千六的紅包，卻被圈內大老的太太公開退回，加以嘲諷。

澎恰恰跟我都是嘉義人，他爲人厚道，是個古意人。本來當郵差，太愛唱歌，一休假就到嘉義民歌西餐廳唱歌，跟櫃檯小姐談起戀愛，婚後兩人開台破車想到台北闖天下，車門壞了，時時刻刻得用手拉著門，才不會洞開；雨刷卡卡，刷刷就停了，得伸手去車窗扯一扯，就這樣從嘉義開到台北，一路上忙得很。

那時我也才到台北沒幾年，《連環泡》時跟澎恰恰合作，節目大紅，我們都成了「嘉義之光」，天天錄影，往往要等小年夜錄完春節特別節目才能回家。其實嘉義各區壁壘分明，眷村人不太去外面，外面人沒機會進眷村，但我們過年回家一定互訪，就像兩個戰士經年累月並肩作戰、解甲返鄉後，探望彼此家人。除夕那天，我先去他家，陪他媽媽用台語硬聊；初一，換他來我家，陪我爸媽說笑。

每次見到澎恰恰，頭一分鐘，兩人嘴裡都沒有乾淨的話，這就是兄弟情，我們一定會互贈紅包，但我包多少、他包多少，沒人記得、也沒人計較，這互相拜年的習慣，持續好些年。

後來，澎恰恰從《連環泡》累積知名度、作秀機會也多了，真賺到錢。我還記得有天他叫我到華視門口看他的新車，澎嫂坐在車裡，終於不必再抓著車門，笑得很開心。

另一天，澎嫂進棚裡靦腆對我笑了笑、招招手，「大哥你來！」我過去跟她聊聊，她從身後拿出了個特大LV紙袋給我，裡面放了個大包，屢次推辭，但他們堅持要我收下這個真皮旅行包表示感謝，至今，這包仍在我家櫃子裡，裡面依舊裝滿感情。

隨著我爸過世、村子拆了、彭媽媽（澎恰恰本姓彭）也過世，我們少了每年走動拜年的機會，但我仍記得當年澎恰恰笑著凝視我爸媽的愉悅神情，還有過年一團和氣的舒服感受。其實朋友間感情好不好，眞要看紅包才知道？那不就無聊了？在此祝福新人百年好合！也祝福舊人好合百年！

曾抱在懷裡的小男孩

看到牛屎，總會想起他小時候，眼前這個壯漢，當年曾讓我抱在懷裡，哎呀！歲月啊！

上週跟趙舜的老婆小眞及孩子們吃飯，他們有三個孩子，小名牛屎、豬妹跟牛妹，傳統習俗相信乳名越難聽、孩子越好帶，這些醜名蘊含趙舜滿滿的愛。

牛屎在大學讀體育，後來取得復健系碩士，正針對骨質疏鬆的婦女進行研究。他說，「這工作有兩個要點，一是要懂閩南語，另一個就是耐心！」這兩點我都需要加強。

豬妹則是有老靈魂的孩子，從小樂觀、貼心而堅強，這樣的女孩只要掉一滴淚，都讓人覺得心疼。她正準備考會計師，再考公務員！問起緣由，豬妹說她去過金門，發現那裡很適合生活，打算考上公職後調過去，帶著媽媽好好過日子，聞言一陣溫暖。小妹妹牛妹先天聽力不好，目前還在成大讀書，努力克服挑戰。

看到牛屎，總會想起他小時候。二十多年前我跟老婆拍婚紗，唯恐皮笑肉不笑，特別請好友帶孩子們同樂，那天我抱著還是幼兒的牛屎笑得開懷，總算完成艱鉅任務。眼前這個壯漢，當年曾讓我抱在懷裡，哎呀！歲月啊！

這天吳大衛也來了，他說厲行減肥後，又能穿回三十年前那件極窄的潛水背心，頗爲得意，猶見當年唱〈擁抱著我〉的偶像風采！他的兒子小螞蟻在航空公司當簽派員，負責擬定飛航計畫，跟機長溝通航線；我大女兒也開始工作。一轉眼，這些孩子們都長大了，各有主張、也各有精彩的人生藍圖，由衷欣慰。

大衛、趙舜跟我都算是內心與行爲某部分仍屬幼稚的大人，大衛兒子之所以叫小螞蟻，應是當年潛水後他躺在海邊睡著，我跟舜子在他隱私部位抹上烤肉醬，想招惹虎頭蜂，結果引來螞蟻所賜！

想想我們的當初，以及孩子們的現在，他們遠比我們想像的成熟！希望政府能把他們的未來放在心中，多給助力，而不是阻力！讓他們能在安全的環境中盡情發揮所長。

如果舜子還在，看到孩子們各有姿態，一定很樂。還有件事情他會跟我一樣激動，就是鈴木一朗居然從職棒退休了！可是，預備打職棒的台北大巨蛋，七年過去，還在風雨中飄搖……。

酒酣耳熱的必要

老餐廳裡的點菜大姊們，穿著制服窄裙，名字不是阿珠，就是麗華，光點菜就能讓氣氛熱熱鬧鬧。

上週清明連假，朋友們專程從海外舟車勞頓返鄉掃墓，趁機約大夥聚聚，聊到回台灣上餐廳有些不適應，往往才酒酣耳熱，卻發現服務生在旁等著收盤子，一點ｆｕ都沒了！原來一例一休後，九點必須打烊，不然員工超時，老闆會觸犯《勞基法》。

而且不只餐廳如此，小吃攤如果登上米其林，壓力就更大了！原本還能三五好友點個豬肝湯、切仔麵、黑白切邊吃邊聊，現在要先排一長龍，終於進店坐下，發現外面排隊食客們用飢渴眼神催促著，打屁的時間也沒了！實在沒ｆｕ，是種進步中的不浪漫。

對四、五年級生來說，更不浪漫的是吃了一輩子的老餐廳歇業。永福樓沒了、隆記菜館沒了，甚至通化街上《悶鍋》團隊常聚餐的珍味園也因老闆退休結束營業，悵然若失。我很喜歡這些店裡的氣氛，尤其點菜大姊們，穿著制服窄裙，名字不是阿珠，就是麗華，光點菜就能讓氣氛熱熱鬧鬧，但阿珠們也走進歷史，因爲年輕人再也不懂「這款」酒酣耳熱的ｆｕ。

問返鄉老友們覺得台北怎麼樣？普遍認爲信義計畫區雖新穎，但提袋率不高，看得出眞實狀況。不過從棕櫚泉回來的老友注意到台北有一進步，就是仁愛路大王椰子像裹小腳似的在樹脖子上纏項圈，原來這是預防落葉砸傷人的創舉！

小時候沒聽誰被椰子樹落葉砸傷，可能因爲大家都不忙，也不低頭滑手機，習慣抬頭看看藍天下的大王椰子，隨時側耳傾聽大葉子今天會掉嗎？還是要等明天？落葉時會發出「嘩嘩嘩」下大雨似的巨響，令人興奮，遠處狗群則嚇得大吠。小孩立刻衝去搶大葉鞘，猜拳，一人拉、一人坐，拉著巨大枯葉在馬路上橫衝直撞加甩尾，太刺激了！

後來看到冬奧的雪車競賽摔得七零八落的樣子，不就像我們當年！現在大王椰子綁上束帶，安全是安全，但浪漫不再！

看來，我們也只能在不浪漫中找浪漫，想必將來會出現一種餐廳，店小小的，不能大，上面寫著「本店允許酒酣耳熱，九點之後服務較少，但老闆仍在！」

值得分享的人生

眞心覺得我的人生已是老生常談，沒什麼啟發性思維可以教人，如果當成脫口秀規劃，講講笑話給大家聽，倒是值得一試。

我的朋友林瑞祥 Nick 擔任運動頻道球評，看高爾夫比賽經常可聽到他的聲音。前兩天清晨他剛剛直播完一場比賽，見證到台灣高球選手潘政琮首度奪下美國 PGA 冠軍！Nick感動地告訴我們，「這個小潘，太不容易了！」

報導中說小潘爸爸在球場工作、媽媽是桿弟，小潘從小用撿來的球桿，靠模仿打球啟蒙，後來日夜苦練，從台灣打進亞運、打進美國職業比賽，終於奪冠。Nick一路轉播，也一路看小潘成長，他說，小潘身高一百七，身高比不上其他職業選手，但他鬥志強、穩定度高，相信自己且不躁進，不強求冠軍，一步步，終於穿上PGA的冠軍夾克。

而且小潘不只顧自己，Nick說，上週小潘冠名贊助另一場青少年高爾夫AJGA賽事，因爲贊助可以取得十張外卡，讓十位台灣小將出國比賽，贏得積分。他不僅自己英雄出少年，更想扶持少年成爲英雄，這麼優秀的選手，讓人更期待他的未來。

近年常有人邀約演講，但眞心覺得我的人生已是老生常談，沒什麼啟發性思維可以教人，像小潘這樣逆風而行的故事才值得分享，後來轉念一想，如果當成脫口秀規劃，講講笑話給大家聽，倒是值得一試。

好比最近到扶輪社兩千五百人的大場子演講，反覆思考該說什麼？後來想到當年曾短暫入社，決定開場就說「十二個退出扶輪社的理由」，好比開會一定要敲鐘、必須唱淨化歌曲等等，而且人人得用英文名字，還流行英文縮寫，什麼 C.J.、B.W.，一聽我嚇得立刻退出，因爲我的名字一縮，當場變 W.C. 了！

笑話一說，果然賓主盡歡，可是主辦人的眼睛瞪得超大，直說我太大膽了！沒辦法，我的腦袋瓜歪著長，而且這種歪腦袋的人越來越多，扶輪社也許願意修改些儀式以接納新血，或者，純當笑話聽聽也行！

有這樣的歪腦袋瓜，還是有點風險，好比最近接到國防部的演講邀約，我推辭半天，建議可以直接買《半減卻》分送同仁即可（:-P），因爲很怕演講內容太歪，那……下本書……就得在悔改室裡完成了……。

調皮的後天菩薩

他不跟著劇本走，戲到他身上，瞬間台詞迷航！而如此調皮的他，生大病後有了轉變，從長不大的爸爸，蛻化為嘗盡人間悲歡離合的「後天菩薩」。

早上一起床，老婆說，賀一航走了！想起二〇〇四年與他的初次合作。

那年我們籌拍情境喜劇《住左邊住右邊》，找演員時考慮到喜劇節奏，大膽找歌手秀琴，還有舞台劇圈的美秀，以及綜藝掛的賀一航等人演出，萬萬沒想到，賀一航為劇組帶來另一種刺激。

賀一航秀場出身，說學逗唱都會一些，從沒演過戲。一拍戲就發現他不跟著劇本走，戲到他身上，瞬間台詞迷航！但能拿他怎麼樣？論年紀，他比我大上幾歲，而且他好玩又好笑，還眞沒辦法在大家面前說他！幾度磨合後決定隨他演！大意說到就好，靠剪接補救。後來他坦承有讀本，可是沒耐心背詞！

這番陳述，讓我彷彿看到老天爺安排衆人任務時，有群人天賦聰穎，排隊時淨在打打鬧鬧，老天爺說，「你們學得快但沒長性，下凡去娛樂人間吧！」於是世間就多了賀一航等諧星。

他型好，演戲很快上手，在調皮與漫不經心之餘還有暖暖的「人情感」，與人爲善，跟誰都好相處；只是那回戲演到一半卻忽然失聯！輾轉託人告訴我們受傷了，有段時間無法演戲，編劇趕緊改戲交代他去大陸出差，好在他演台商，不然難以自圓其說。

一陣子之後，他回來繼續演出，大家很有默契地不提也不問，只是往後跟演員簽約，我們都會加上賀一航條款，「不得無故失蹤！」

如此調皮的他，生大病後有了轉變，在太太Judy照顧下，他生活規律，完全沒有病容，外界都以爲他已經康復，而且中規中矩的演戲，演出了深度，還拿下金鐘獎的最佳男配角獎。記得兩年前他探班時還毛遂自薦，「可以找我演戲！現在我不會遲到了！」應是這場大病讓他悟道，從長不大的爸爸，蛻化爲嘗盡人間悲歡離合的「後天菩薩」。我想，下輩子老天爺應該會繼續指派他娛樂世間，只是這回，他會當個全職藝人。

前晚原本還在苦思專欄該寫什麼，聽到他的消息，瞬間似乎看到賀一航笑著說，「嘿嘿！偉忠哥！沒稿可寫了吧！來，給你篇稿子，我駕鶴西歸去囉！」

都是閉路電視惹的禍

在三台之外竟有罕見的「閉路電視」，

哇！都裸體！其他房間據說有人擠在一起看了整夜……

最近，表弟表妹請我們住谷關溫泉旅館虹夕諾雅，這是日本星野集團度假村的新據點，大片落地窗望出去，山中下著雨，濛濛霧氣配上層層疊疊山巒，就像……一鍋剛蒸好的綠色饅頭！

這是我第二次造訪谷關，中橫美景依舊驚人，上回來這裡洗溫泉，是四十四年前的七月，剛考完聯考那一天。

我考大學時，文組錄取率只有一成，嘉義連考場都不設，得去台中考，來回車費加上住宿是筆不小的開銷；但對高中畢業生來說，能在爸媽搆不著的地方外宿，就是一趟驚奇之旅。

考前那夜我與好同學靜國、老鳥、小樊同住一間房，小旅館還有「QK」，我們當然沒膽問，打開電視一看，在三台之外竟有罕見的「閉路電視」，哇！都裸體！其他房間據說有人擠在一起看了整夜……，後來有些同學意外落榜，很可能就是閉路電視惹的禍。

我們四個抵死不看，緊抱佛腳不放。我數學奇差，每次考試平均四分，這晚光背一條a平方b平方的公式，再溫習地理的塞外河山，沒想到隔天數學剛好考這條、地理則專考蒙古，一傢伙全矇上！頓時覺得上榜有望，脫貧就在眼前。

考完，我們四個脫韁野馬搭上公路局，直奔谷關，住進小樊父親事先安排的小旅館，可惜這回房間沒有閉路電視，也好！我們才有機會浸浸溫泉，在月光下口沫橫飛地談志向、說理想。

史地超凡的老鳥像個智慧小老頭，分析自己肯定上榜·，靜國人如其名，沒多說話·；小樊很會看人，幾次鼓勵我讀戲劇系，旁人聽了譏笑「王偉忠想當大明星！」我臉皮薄，當場拒絕……結果，世上少個李安，多個製造垃圾的王偉忠。

四十年過去，我們早不是長著青春痘的少年郎，聯考也改制，大學要落榜遠比上榜難；閉路電視的非法業者只要撐得夠久，都成媒體大亨。只有谷關溫泉沒變，依舊熱氣氤氳、無色無味、舒暢身心。現在的我們已經不再需要聯考，還是很多事待考，好比該選哪個總統才能讓我們上榜，而不是落榜呢？

正宗暑假味道

蘭潭的空氣清新，加上草香，偶爾有點動物排遺，混合成令人開心的暑假味道。

暑假，有種氣味。

小時候一到暑假，村裡一票小孩分成兩隊到蘭潭探險，先出發的，拿截粉筆在地上東畫西畫留暗記；後出發的，則沿路追蹤記號，天天玩、玩不膩。那裡的空氣清新，加上草香，偶爾有點動物排遺，混合成令人開心的暑假味道。小學之後的夏天，不是考試，就是工作，再也沒機會放鬆，直到二〇一九年決心再放暑假，與老婆、朋友同去歐洲。

這趟我們專挑不一樣的地點，好比巴黎，就待在左岸第六區，喝咖啡、逛藝廊，避開觀光人潮，卻難逃扒手。那天我跟老婆之間忽然插個女人假問路、眞圍事，眼尖看到老婆身後有個男人企圖下手，當場怒吼「你想幹嘛！」，大有當年張飛在長板橋喝退曹操百萬大軍的氣魄，嚇得那無良男落荒而逃。

挾著這股氣魄，我們去英國《梅爾吉勃遜之英雄本色》的蘇格蘭高地，跟當地人飛蠅釣、獵松雞、打飛靶。可惜魚沒釣到、雞沒打到，倒是晚上跟當地老太太大跳土風舞廣受讚許，冷靜一想，所謂「老」太太，年紀可能比我還小……。熱舞打破隔閡，同伴甚至受邀參加隔天的教堂禮拜，一看，裡面竟坐著同樣來此度假的英國女王與查爾斯王子，妙！

接著轉往西班牙北邊聖賽巴斯提安看奇利達的雕塑。這裡是老城，美好在於生活，小巷處處小酒吧，點菜不能喊服務生，只能對他們一笑，他們會主動過來送上 Tapas，味美、平價而且算帳快又準，大夥站著吃喝一家又一家，滿意極了！

我們都愛爬山，轉往北義爬阿爾卑斯山系的多洛米蒂山，海拔一千五百公尺，微冷，在藍天暖陽下，沿路可見牛羊，空氣好得不像話，深聞一口，內心一陣激動，這不就是我的正宗暑假味道！

闊別數十年，居然在歐洲又聞到這股清新空氣混合草香、牛屎的味道，我彷彿又變成一手拿著饅頭、一手拿粉筆，玩得滿頭大汗的小男孩，心情眞在放暑假！

他鄉遇故鄉，也許當年荷蘭人截斷八掌溪建水壩，開闢舊名紅毛埤的蘭潭時，也曾在這股草香、牛屎味中，想起在荷蘭的暑假。

最暖的時光

身心健康時很難有所感觸，經歷生死，才體會最重要的是什麼。

前幾天，老友打電話給我，說他要回美國了，過年再回來。

認識他時，我剛從嘉義來台北讀大學，帶著點自卑感進入這花花社會，很會「閱讀空氣」，這個空間裡是熱？是冷？是客氣？還是把我當空氣？待幾分鐘就能知道。那段時間任何聚會只要感受到空氣中的冷，我就會找個藉口提早離開。

不久，這位新朋友邀我去家裡吃飯。四十幾年前他家就有電梯，原來是個富少爺！但這位少爺不一樣，他和媽媽待人不看身家背景，眼神沒有高低之分，非但不冷，還帶暖氣！就這樣，我們成爲一輩子朋友。

老友一生順遂，沒啥坎坷，婚前媽媽照顧，移民到美國後，就由老婆照顧，生意也很成功，人生沒嘗過徬徨失落、進退維谷的滋味，但就像個不沾鍋，沒有眞正在某處「生活過」。直到今年因媽媽重病，他回家陪媽媽四處走走、聊聊人生，送媽媽走完生命最後一程後，他頗有感觸地嘆口氣說，眞沒想到歲月過得這麼快！我說，到這年紀，也該經歷點滄桑了！

接電話時我正在西門町桃源街的三味香買包子，老友說，他發現台灣還是家，有歸屬感；我說，是好事啊！好比我手上熱熱的包子，從大學時期吃到現在，已經是第三代接班，其實居家過日子就是這樣，有些物換星移、滄海桑田可說，足矣！

另一個朋友白手起家、開創健檢事業，去年健檢發現罹患無法醫治的癌症，他評估後決定好好過日子，如常陪伴家人，日前在家喝了碗湯後，在睡夢中走了，眞是以「平常心」走完人生的最後一年。我們知道消息當然震驚，但看著親友們哀痛卻平和的臉，相信最後這一年他過得很勇敢、很有智慧，而且暖暖陽光經常照耀在他們家裡。

身心健康時很難有所感觸，經歷生死，才體會最重要的是什麼。所謂「人生正道是滄桑」，也只有在滄桑之後，更能體會人生的滋味。選舉不到幾十天，政治氣氛殺氣騰騰，似乎也只有在選前，才能深刻感受到「政界正道是鬥爭」，這方面，……台灣太滄桑了！

老朋友

其實，我懂，他早交班給孩子，像將軍下了戰場，

朋友越來越少，沒人說話，有點寂寞。

常去民生東路「史記」吃牛肉麵，七十歲老闆史大正是華視時期老友，看到我就用四川話喊：「哎呀！想你該來了！」

有時想吃清淡點，沒叫牛肉麵，就來碗牛骨髓白湯，配擔擔麵與一盤泡菜，他繞前繞後地關心，「會不會太乾？」「你已經問八次了！」其實，我懂，他早交班給孩子，像將軍下了戰場，朋友越來越少，沒人說話，有點寂寞。

他提起小時候很愛寫文章，寫了篇「人造花」描寫當年家庭代工做人造花，老師覺得文筆很好，卻當著全班問「不是抄的吧？」氣得他當場拎包走人。

幾十年過去，建議史大正重新提筆，或是上寫作課、加入讀書會，總之，多接觸社會總是好的！因爲學習可以讓人忘掉紅塵。他有點期待，又有點害怕，我說不用怕，任何事情都是從「硬著頭皮」開始，接下來，……習慣就好！他哈哈大笑。

前一陣子還有一位「老」友離開，就是郝柏村「郝伯伯」。一百公尺之內都能看到他那兩道不怒自威的濃眉，很多人對他敬畏有加。二十年前我們同一個健身房，沒什麼人敢跟他打招呼，就我樂此不疲。郝伯伯泳裝跟軍裝一樣，都穿到腰上，而且他只游抬頭蛙式，特別慢，也特別累。

我曾問他，「能不能問您個問題？」他濃眉一挑「你問！」「爲什麼您游泳頭一定在水面上？不累嗎？」他半咧嘴、半開玩笑的答案讓我永生難忘，「有共匪！」

其實我還有另一個問題沒敢問，傳說他打高爾夫，球上果嶺就說聲，「可以囉！」直接往下一洞前進，現場球友沒人敢說 Errr……！時至今日，斯人已去，傳聞也無法證實了。

很欽佩郝伯伯在鳳凰衛視專訪時，提到十八歲軍校回家拜別父母後，「爲了國家，就從來沒再回去！」嚴厲中見眞性情；更難忘吃飯遇到他帶三個孫子，都留著板寸頭，面前剩了些麵，他下軍令「吃完！」，三小立刻完食。他得意地看看我說，「小老虎」！果然虎「爺」沒犬孫！

疫情期間，建議多問候老朋友，溫暖彼此，也要學郝伯伯退休後深居簡出，因為，「有病毒！」

那一夜，我們談斷交

這才發現歷史不是大人物的專利，再小的小咖，只要持續不斷奮戰，也能改變歷史。

最近中美劍拔弩張，美台倒如膠似漆，剛巧老友聚會，包括外交圈的馮寄台、盛建南，名主筆王健壯，還有些商界的朋友，大家談起台美中之間三十河東、三十年河西的轉變，都有滿肚子故事。這才發現一九七八年十二月十六日，美國背棄中華民國、轉愛中共的那一天，衆人在歷史上皆有位置。

馮寄台當時就派在華盛頓，是雙橡園裡最小咖的三級祕書，當天衆人心情猶如喪家犬，還是得趕緊打包，銷毀機密，當年有艘船在港口等著運送國寶回台灣，其中包括慈禧太后的紫檀家具！但也沒空沮喪，企業家辜濂松透過人脈帶著馮寄台等人短期之內跑遍美國，一一遊說參衆議員支持立法鞏固台美關係，催生《台灣關係法》，穩住台海局勢，過程驚心動魄！

盛建南當年外派美西新聞處，上級要他協助記者約訪雷根談卡特斷交，當時雷根從加州州長卸任，直接約在家裡受訪，一按門鈴，竟然是雷根本人親自開門！日後雷根擊敗卡特當選美國總統，對盛建南來說，也是一番奇遇。

王健壯當年剛進《中國時報》，報社裡都是小憤青！其實就我的觀察，他一輩子都是憤青，其他報社受《反滲透法》恐嚇，不敢刊駭客流出的總統府機密文件，就他的《上報》大大咧咧全文刊載，看來繼上回在專欄裡請大家幫他找贊助後，這回大家要幫他另找工作了！

而我當時雖然只是大四學生，也有不可替代的位置！我就在松山機場門口圍堵美國常務副國務卿克里斯多福！各位如果在紀錄片裡看到一個長髮飄逸、脖掛相機的帥哥，就是我！當時左邊右邊的陌生女孩們激動得汗水淚水流成一團，讓我的愛國心與愛人心迸發出豐沛的腎上腺素，雙手一摟，主動給她倆愛的抱抱、安慰一番！語畢，老友紛紛罵我下流！大家都顧著愛國，只有我顧著逞私慾……。

撫今追昔，真是古今多少事，盡付笑談中！這才發現歷史不是大人物的專利，再小的小咖，只要持續不斷奮戰，也能改變歷史。健壯覺得寄台的這段經歷太精彩，力邀出書，我說，書名就叫……，「三級祕書」！

就是沒辦法逆著個性做人

意識到張平老師跟我們是同一種人，脾氣不可能改、完全沒辦法逆著個性做人，幸好還能順著天分、任性走出條路。

上週收到張平老師女兒ㄚㄚ來電，說老師離開我們了。瞬間，腦袋一片空白，想到還欠他一場球……。

張平老師很有型，留著大鬢角，像極了艾爾帕西諾，他個性一板一眼剛正不阿，但我就覺得他很「屌」。

大一那年考上文化大學沒啥興奮，因爲這裡建築不像大學，比較像少林寺；而且我在成功嶺幻想學二秦二林在草地上奔跑的校園戀情，根本無望！班上同學不是跑起來不優雅，就是根本跑不起來！加上大一課程枯燥，好在大二出現留美的張老師。

他教學細心，上課總愛叼根菸斗，默許我們一起抽（那時還沒《菸害防制法》）；下課不急著走，陪我們聊天，丟幾顆蝦米提味煮蔬菜火鍋，還一起喝料理酒禦寒，甚至帶著師母上山跟我們一起窮開心。

大四那年我滿腦子美國夢，他知我托福不好、家裡又沒錢，親自幫忙申請到他的母校德州大學研究所，但我退伍發現賺錢才是當務之急，決定不留學了，他頗氣惱。

後來老師到新聞局掌管電視節目，有段時間先審後播，偏偏我的節目常遊走法規邊緣，求他高抬貴手，他一句話堵回來，「你是我學生，特別要守我的規矩！」只有一次，據理力爭之後他直接掛電話，代表默許了。

老師向來有話直說，越熟、說話越直，他評我的節目「不怎麼樣，但跟別人不一樣！」欣然接受。

相識四十多年、從不讓我請客，只能每年教師節送瓶酒，趁機陪他聊聊。上回想請他打球，他說「退休了！可以！」，我立刻安排，可惜兩回都下雨，最近還想趕緊約老師，沒想到……。

二十多年前，我跟紫微大師張盛舒聊到人生名言：「順著天分做事，逆著個性做人」，兩句話彷彿能照亮人生。最近意識到張平老師跟我們是同一種人，脾氣不可能改，完全沒辦法逆著個性做人，幸好還能順著天分，任性走出條路；只是不知道學傳播理論的張老師，是否認爲自己活在對的年代？

身爲老師弟子，我必須中肯地說，張平老師傳道了、授業了、解惑……做得不算完全，往後的惑，該找誰解？

暖心的溫度

在我心中女大大一點都不溫柔，卻始終很溫暖，每次演《寶島一村》，觀眾在散場時都會拿到熱包子，把他們那代的溫度具體留在手心。

上週在臺中國家歌劇院公演《明星養老院》，接到電話，《寶島一村》裡賣包子的女大大走了。

我們兩家都姓王，王大大是我爸班長，我們喊王大大的太太「女大大」，她跟我媽這些眷村媽媽都是當年的「女力」，靠一雙手，讓全家吃飽穿暖。

聽說王大大婚前對女大大的第一印象是，眼小！但女大大手藝好，後來他們家靠賣包子立業，生意興隆至今。以前清早一開門，她邊賣包子邊數落老公，成爲省嘉中出名的「吵架包子」；每回她罵到上火，要五個，給七個，學生怯懦提醒給多了，她還說，「你他媽這麼大個，五個夠嗎？拿走！」本人比舞台劇角色更有戲。

王大大四十多歲就走了，太太獨撐全家，強悍不減，但背越彎越低。她經年累月低頭捏包子，壓迫到肺，退休還是直不起來。在我心中她一點都不溫柔，卻始終很溫暖，所以每次演《寶島一村》，觀眾在散場時都會拿到熱包子，把他們那代的溫度具體留在手心。

上個月聚餐認識利百代的二代侯小姐，忍不住對她聊起另一童年片段。

小時候利百代出了二十四色鐵盒裝蠟筆，開關都會發出「咖」的聲音，悅耳極了！同學就有一盒，整天動不動「咖」、「咖」，讓人嫉妒萬分。

但我家沒錢，只能用紙盒裝的八色蠟筆，我畫的天空與海向來只有輪廓、不敢塗滿，因爲藍色就這一支，很快就短了。紙盒關不嚴，打開書包常看到蠟筆四散，筆斷了、課本髒了、內裡也髒了，伸手一拿，手也髒了……。我跟侯小姐說，球鞋、棒球手套還有二十四色的鐵盒蠟筆，是我童年可望而不可即的三大聖物。

聚會過後，收到侯小姐送來的三十六色利百代粉彩筆，溫暖直達心底。很想告訴年幼的自己，這可是利百代專門送來給你的欸！女兒好奇問怎麼回事，想講，卻忍不住哽咽，不是爲了童年的我，而是心疼當年的爸媽。

人生都會有些小小片段，可以跨越時空，帶來暖心溫度；不管拿到的是一〇八色、三十六色、二十四色還是只有一色，只要能擁有這些溫暖，有朝一日，總會畫出飽滿人生。

去班長家吃雞卷

班長是竹崎人，我是他第一個外省朋友，當年我們常交換便當吃。
他吃我的外省梅干扣肉，我吃他本省口味自製雞卷。

連假時，我們嘉義中學老同學們帶著太太組個鮭魚洄游團，回嘉義爬阿里山。

在嘉義集合，當然得先看看母校。

從前出校門就到我們眷村與市場，現在大門方位改了，市場與眷村早拆光。我說賣包子的大大剛走，同學們都還記得她，班長提起當年每天早上吃陽春麵！想再吃一次嗎？

當然！大夥直奔和平路找阿桃，這碗麵吃得他快哭了！

班長是竹崎人，當年我們常交換便當吃。他吃我的外省梅干扣肉，我吃他本省口味自製雞卷。四十七年前去他家玩，當時眞是鄉下，他爸媽在縱貫線旁開餐廳（現在由妹妹接班），店裡擺兩個大圓桌，生意很好。看他們自製雞卷，才知台語「雞」，不是雞肉，意指多出來的菜，直接用豬內臟之間的網膜包起來炸，眞好吃。

他說，我是他第一個外省朋友，當年第一次跟我進眷村，看到我家大吃一驚，原來……外省人也有窮的！

一群老友說說笑笑，這三天就在阿里山看日出、看茶園、爬奮瑞古道、太平雲梯，還吃到來吉部落出名的 Hana 廚房。這是南非來的女孩與鄒族老公開的餐廳，位於深山卻常客滿，菜色極特別，好比以西瓜入菜，拌成口感新鮮的沙拉，那辣椒果醬更令人讚嘆！

鄉間民宿也驚喜連連，兩家民宿主人都是青年返鄉的年輕女孩，從早餐錯落有致的擺盤就能看出主人的專業與素養，留下美好印象。

回程到班長的竹崎老家吃飯，雞卷、排骨酥好吃依舊，連大圓桌都在，但周遭稻田早變樓房。

班長後來考上台大，一步一步出人頭地，成了竹崎之光。他介紹竹崎高中校長跟大夥聊天，校長有心辦學，但因經費不足，經常得要募款送學生出國比賽，讓小地方的孩子也能拓展視野；看來教育不論哪個年代都是資源不足，只是不知道現在的孩子，是否還能像當年的我們，對未來充滿希望……。

嘉義地方雖小，還是出不少大人物，好比政治圈的蕭萬長、警察圈的侯友宜、醫學圈的陳適安，都是了不起的人才，當然，還有一個電視圈的大製作人……周遊！

我的香港僑生同學

這個話不多的港仔，早把我們當作他在台灣的第一批家人，
後來他留在基隆跑新聞，也許是因爲這裡的海水、景色，跟香港很像。

大學同學群組傳來訊息，阮南輝離開了。

南輝是班上的香港僑生，廣東腔極重，同班四年眞沒聽懂他說什麼，只記得大家喊他綽號「小鱉」時，他猛說，「不要這樣叫啦！」

凱莉提起大四那年選班代，她力拱南輝當班長，我一聽立刻大喊「沒錯沒錯！就他！」於是我們大四那年的「起立敬禮」帶著廣東腔，學藝股長則力拱韓國僑生上任，度過最具國際觀的一年。

畢業後衆人紛飛，來自香港的南輝沒回家，反而在台灣當起記者。那時香港新聞環境自由，可以放膽評論兩岸政局，很多台灣看不到的禁書（包括《Playboy》），香港都有；而且八〇年代僑生家境普遍富裕，香港人均GDP是台灣的兩倍以上，光是一年來回的機票錢，對我來說是天文數字！所以南輝留下來，應是對台灣一往情深。

我們班雖是新聞系，眞當記者的寥寥可數。南輝在《聯合報》一待三十年，還在基隆當地方記者，我們怎麼想怎麼怪。就像大學同學「鳥人」劉克襄在臉書說，「如果不豎直耳朵專心傾聽，根本無法聽清他在說什麼，委實難以想像他如何採訪地方人士，尤其是遇到只講閩南語的長輩。」讀到這裡，同學們應該都會哈哈大笑，緊接著想起他這一路有多不容易而濕了眼眶。

另一個同學蔡哥也在《聯合報》，說有一回見到南輝，讚他身上的運動會記者背心很帥、好多口袋，南輝隨手脫下背心放蔡哥位子上，就去跑新聞了。我忽然領悟到這個話不多的港仔，早把我們當作他在台灣的第一批家人，後來他留在基隆跑新聞，也許是因爲這裡的海水、景色，跟香港很像。

南輝退休後回香港，可惜沒機會問他，現在的香港還是記憶中的街坊嗎？牛腩跟過去一樣美味嗎？克襄說，「我若是基隆市長會頒獎給他，一位香港來的僑生，下半輩子都給了雨港。」想著南輝，還有他對新聞、對台灣、對基隆這麼多年堅持的價值，對他的尊敬，勝過很多人。

疫情讓許多異鄉遊子有家歸不得，住著住著，就變成華僑了。在此預祝各位華僑，新年快樂。

英文歷險記

我們從小老美玩伴身上學會不少「四個字母」的詞彙與會話練習，他也順利掌握眷村「口頭禪」的精氣神，可惜考試都派不上用場。

政府規劃「二〇三〇年雙語國家政策」，看了心驚，對我們南部孩子來說，英文資源依舊比北部少，吃力可想而知。過年期間看全民大劇團舞台劇《因愛啟程》，改編自高齡九十五、《空中英語教室》創辦人彭蒙惠從美國來台灣的人生故事，喚起許多學英文的回憶。

小時候我們遇到的老外就是摩門教徒，他們普遍手長腳長、身高很高，騎的腳踏車也高，看起來真像外星人。開口第一句話一定是：「你好嗎？你爸爸媽媽在嗎？」然後用國語與村裡叔叔阿姨的鄉音對話，「你信教？」「信佛腳？」

我們曾有個小老美玩伴，他爸爸是美軍駐嘉義機場的士官長，我們從他身上學會不少「四個字母」的詞彙與會話練習，他也順利掌握眷村「口頭禪」的精氣神，可惜考試都派不上用場。

村裡還有個祕密武器，同樣修飛機的何伯伯曾外派美國學機體噴漆，後來爸媽們拜託他當英語家教，無論如何，他認識的英文絕對比所有爸媽加起來都多！

他在我家教二姊，怎麼教都教不會，我家檯燈電線老化、接觸不良，何老師教到氣得拍桌，「砰！」一拍燈滅：二姊只好跟著「砰！」拍桌，燈又亮了。課後老師告訴我爸：「你女兒英文過門了，不必請家教！」至今不懂二姊到底過了哪道門？

後來出現《空中英語教室》，村裡一早除了燒餅油條的叫賣聲，媽媽喊小孩起床聲，還有很多家打開收音機聽英語節目來喚醒孩子，相信夢中聽英文聽多了，自然能開口跟著講，應該是「睡眠學習法」的第一代實驗。一開始村裡幾家合訂一本雜誌，幾個孩子邊聽邊看、輪流學，後來發現學業成績競爭激烈，就紛紛藏私，不再共享了。

這本雜誌也象徵台灣國際化的起點，後來同學紛紛出國留學一圓美國夢；我則在六十歲那年終於下定決心，總不能一輩子都怕英文，認真找老師上英文課，勤看英文報導，眞學出了樂趣，人生總算往前邁了一步。

看完舞台劇，九十五歲的彭蒙惠現身，全場起立鼓掌向她致敬，氣氛很感人，這樣一位愛台灣的雙語先驅人物，Bravo！

男人的內心小劇場

就像演員們明明是讀本，觀眾們都看到他們拿著劇本在對詞，

但讀著讀著，還是認真了。

週末去四四南村看《沒有人想交作業》讀劇，韋以丞當導演，六位男演員真拿著劇本上場，但又不只是讀本，讀中帶演也走位，演著演著偶爾出戲彼此對話，下一秒又回到角色情緒。形式簡單卻很有趣，將男人四十、中年焦慮的內心說出新意。

小劇場的好處是貼近，演員的淚水彷彿會飛到觀眾臉上。念真的兒子吳定謙真帥，郭耀仁演來輕盈、很好！看完戲，信步走去鄰近的信義計畫區，人潮眾多，歌舞昇平，有人散步有人逛街有人看街頭表演，雖熱卻有涼風拂面，坐在路邊喝杯星冰樂，完全記不得最近有幾顆飛彈剛飛過我們頭頂大氣層。

住在美國的同學大個兒在群組說，「台灣到底怎麼回事？這麼危險，你們居然研究論文是誰寫的！」南部同學回，「要打也是打台北！」眾人紛回三字經。後來大個兒問我，「女兒既然都在美國，你什麼時候過來？」語氣頗爲我們焦急，但這話，以前是我問的。

大個兒畢業後去美國留學，看電子業有前景，改讀電腦，後來公司願幫忙辦綠卡，就留下來當公務員。我家根本沒錢，無望出國，只好留在台灣，正好趕上經濟起飛，機會反而比美國好。幾次到美國找大個兒都會問，「你什麼時候回來？」他始終沒答案，可能因爲飛趟亞洲太奢侈。

有一年大個兒中樂透，買下好區的房子，後來爸媽走了，他也離台灣更遠了。其實當年就知道他不可能搬回來，經歷過戰亂的上一代，總希望子孫能找塊不會有戰爭的國土安頓下來；就像我也知道他在群組裡雖然嬉笑怒罵，卻是認眞地擔心，就像演員們明明是讀本，觀衆們都看到他們拿著劇本在對詞，但讀著讀著，還是認眞了。

此話一出，氣氛彷彿回到越戰時期，我們怎麼好像成了難民？到底該回他「不求聞達於諸侯，苟求性命於亂世」？還是高唱「自己的國家自己救，自己的道路自己開」？

最感動的一件事

小芬姐覺得他們與顧客之間不是買賣，而是一種特別情感，因爲穿著是一種禮儀，每件童裝都會跟小主人寫下故事。

春節走春拜訪老友，與小芬姐一席話，最是感動。小芬姐十四歲就在西門町服裝店當店員，創下驚人業績，四十多年前與先生王文明創辦童裝「WHY AND 1/2」，打造出台灣足以自豪的本土品牌。去年他們宣布將結束品牌，震撼家長與百貨圈。

小芬說，台灣以前一年有五十萬新生兒，但去年只剩十三萬，少子化嚴重，加上上游布商幾乎都收了，他們決定結束，可是不想哭哭啼啼告別。

設計企劃部門最早打烊，交出二〇二二秋冬設計後，小芬安排最後一個上班日的最後一堂課，居然帶大家到故宮，請老師導覽宋朝「閒情四事」展，她最希望宋朝最精緻的「達人精神」可以永留員工心中。

接著走訪全台加盟店家，見了很多家長，小芬說，客人一聽到三月底結束營業，趕緊購足三歲到十歲的衣服，生意非常好，讓她又開心又傷感，千言萬語濃縮在擁抱與淚水裡。

小芬姐他們跟全台灣的中小企業一樣，面對的是時代戰爭，每十年一大關。先是關稅保護消失，再來授權品牌大舉叩關，接著全球化、快時尚，現在又有電商，每一場戰爭都辛苦。小芬姐說，她最心疼的是時尚「獨特性」消失了，全球化讓每個城市賣一樣的品牌，連櫥窗都全球統一，這樣血拼有什麼樂趣？年輕設計師怎麼發展自己的品牌？

小芬姐覺得他們與顧客之間不是買賣，而是一種特別情感，因爲穿著是一種禮儀，每件童裝都會跟小主人寫下故事，還有小客人把心愛的布偶放在店面櫥窗，經常來看看。好比她看到蔡依林五歲的照片，身上就穿著「WHY AND 1/2」，歲月就在照片裡。

就快抵達終點，小芬姐說她很開心可以圓滿落幕。

聊著聊著，忽然想起女兒小時候穿著他們色彩繽紛的小衣服在伸展台上走秀的可愛模樣，小臉胖嘟嘟的，像昨天般清晰。這麼多年，眞的謝謝你們的陪伴啊！

她曾爲他許下諾言

張毅與她在最適當也最不適當的時候相遇，即使張毅過世了，楊惠姍還是不抱怨，信守兩人承諾，繼續帶他天涯海角、共度此生。

做廣播節目其實是種服務，站在聽眾的立場，訪問一些值得認識的朋友。

像前幾天訪問楊惠姍，七十歲的她一頭俐落短髮，居然還是自己設計、自己剪的，她拿著五張稿子進錄音間「備戰」，雙手緊張到微微發抖。雖比我年長，卻像來交作業的小女孩。

問她怎麼這麼緊張？楊惠姍說，其實她不習慣跟人聊天，過去都由張毅發言，張毅曾笑她「嘴夠笨的」，很怕招架不住。但可能太想介紹張毅的書《壓抑不住地想飛起來》給大衆，楊惠姍穿著張毅的襯衫、打著他的領帶來錄音間，感覺張毅跟她一起上節目。

他們的故事可說是情感上的「逃難史」。楊惠姍說兩人第一次合作拍《玉卿嫂》，素來大手大腳的她，看第一個鏡頭的毛片就感動了，張毅要求她以反手試水溫，拍出了她從沒在銀幕上看過的情感與柔美，還塑造出角色，頓時對這位已婚的導演另眼相看。

合作到第三部片，彼此感情瞞不住，在當時引起非常大的風波，兩人決定離開電影圈。

楊惠姍說，其實張毅愛死電影了，但他決定把電影昇華成文化，於是導演不拍片，影后柔美的雙手變成鐵沙掌，一同投入琉璃製作。在焦頭爛額的低谷，他們非但沒有憎恨，還約定「未來就算遇到困難，不可以彼此抱怨！」打造出藝術家的第二人生。

張毅過世之後，楊惠姍非常難過，她說過去每一分每一秒都在一起，她感覺每一寸空間還有他的影子，但她必須接手張毅所有工作，成爲兩人攜手打造的「琉璃工房」主心骨，靠工作分掉很多傷心的時間。

訪談到後半，她終於安心了，伸出鐵沙掌給了我一掌！同事們說人生七十，能像她這麼漂亮、有神的人眞的不多。如同楊惠姍拿影后的作品《我這樣過了一生》，張毅與她在最適當也最不適當的時候相遇，即使張毅過世了，楊惠姍還是不抱怨，信守兩人承諾，繼續帶他天涯海角、共度此生。

輯五

只穿內褲的日子——當COVID-19幫世界按下暫停鍵

天底下最抓不住風向的兩個人

防疫計畫不能看風向，比爾蓋茲建議不分疆界，從最基礎的疫苗注射、提升醫療照護水準下手，才是基本功。

新年到，相信讀者最想知道該趁低點買進哪些股票？以及哪裡可以買到口罩？想到口罩，就會想起一個朋友。

天底下有兩個人最抓不住風向，其一是想進宮吃皇糧當公公，「切」了方知皇帝退位，就這麼成爲滿清最後一個太監；其二是我這朋友，十七年前看SARS嚴重，口罩商機無窮，便投下幾千萬元開工廠，等工廠落成、機器裝好、原料到位，終於製造出口罩……，SARS已經結束。

很多事人算不如天算，好比最近防疫的「口罩學」興旺，衆人焦點在於捐給誰、哪裡買、怎麼分配？政府甚至打算開自己的口罩工廠（好熟悉的感覺……），提醒諸位，搶購口罩看似大事，但面對疫情應有更廣視野。尤其現在消息散播比ＳＡＲＳ當年快速，疫情難控，隨時興風作浪的全民恐慌更難控，防疫計畫不能看風向，想操作輿論在單點上爭輸贏，沒有多大意義。

比爾蓋茲在二〇一五年的演講曾提及，以前認爲世界大戰必是硬碰硬的核戰；但現在只要透過肉眼看不到的病毒等微生物，就能撼動世界製造死傷無數。世界銀行預測若再爆發全球疫情，估計會造成高達三兆美元的損失，因此他關心的不是蓋不蓋口罩工廠，而是應組成快速有效的疫情作戰部隊，但這支隊伍至今只存在於好萊塢電影裡！他建議不分疆界，從最基礎的疫苗注射、提升醫療照護水準下手，才是基本功。

衆人皆關心疫情，特別是阿Ken，因爲他的電影《練愛ＮＧ》三月中旬就要上映了……，不光是電影、表演藝術擔心觀衆不出門，小吃、餐廳等諸多行業也怕疫情讓全民卡在家裡。看來只有ＯＴＴ與線上遊戲業者對未來景氣有信心。

人到悲傷始讀書，既然目前局勢不宜外出趴趴走，建議讀者除了羅列潛力股，應列出潛力書單，在家安靜閱讀、分享知識、韜光養晦，不是壞事。

Corona病毒脫口秀

正式自我介紹，我是新冠狀病毒，在我眼裡不分美醜、貧賤、國籍與宗教，人人平等，都有機會跟我作朋友……。

大家好，歡迎來看我表演。我是Coronavirus，你們可能不太會念我的名字，該怎麼翻譯成中文呢？好，前面這位觀眾有答案了，「武漢肺炎」！我猜，你一定台灣來的！

對，各位儘管笑，但是記得口罩千萬別摘下來，不然到處噴口水不衛生，也不要靠我太近！雖然我很希望你們一個一個都帶著我的分身離開當作紀念品，但如果今天場內所有觀眾都進醫院，誰來傳節目的好口碑？我雖然是病毒，也是個敬業脫口秀主持人。好。正式自我介紹，我是新冠狀病毒，你們很好奇我來自何方，對吧！是天然變異還是人工合成？是中國做的還是美國製造？你們搞不懂我，其實，我也同樣搞不懂你們！

好比「同胞」是什麼？

在病毒的世界裡，所有冠狀病毒都是我的同胞，共同目標就是感染宿主細胞、繁殖！可是你們很奇怪，昨天還是同胞的，今天可以說「既然做了選擇，就必須承擔」，當場切割，再也不是同胞了！翻臉速度比我們繁殖還快！

還有「天使」是好人嗎？

醫護人員照顧病人對抗病毒，是天使，可是排骨店卻拒絕外送便當給醫護人員吃，難道你們眞以爲他們身上有翅膀，不必吃飯？還有，醫護的小孩要上學，學校居然拒絕，要求他們自我隔離十四天再來！你們給天使這麼差的待遇，實在是……天大的好消息，很快地，我們 Corona 就能占領全世界了！

而且我們不是沒有貢獻，你看，非法逃逸外勞靠我大幅提升社會地位，官方認定台灣如果沒有非法外勞，醫療體系會崩潰的！過去台灣人都瞧不起外勞，現在終於知道人家的重要吧！

我們還是哲學家，透過我，更能看清人性。

你看，台灣人歧視湖北人，湖北人歧視武漢人，可是一到世界上，誰管你說什麼話、來自哪裡，只要是黃皮膚，都被當成病毒！你們以爲靠著自私，就能跟我保持距離。殊不知在我眼裡不分美醜、貧賤、國籍與宗教，人人平等，都有機會跟我作朋友……，所以，想認識我嗎？摸摸鼻子，再摸摸嘴巴，我就跟你回家！謝謝！

防疫期間敬告諸親友的幾種方法

這種非常時期應比照代駕，來個代客調查。舉凡朋友聚會、婚禮或是大型活動，協助調查賓客意願，不論辦或不辦，都有依據。

這回疫情打亂許多規畫，親友間多了些猶豫與尷尬。好比早安排好的聚會到底該不該繼續？誰知道出席者去過哪些國家、有沒有潛伏病毒，難道也要比照上醫院，先刷健保卡才能入場？

當然，最簡單方法是直接問。「我剛回來，出來吃個飯吧！」「從哪來？」「義大利！」

「喔！最近搬家，不方便！」「搬去哪？」「月球！」

或是嚴以律己。像我朋友Ａ主動傳訊告知女兒剛從國外回來，必須居家檢疫十四天，從機場直接搭防疫計程車前往他安排的「隔離屋」，屋裡只住女兒一人，預先準備食物、電視與網路讓她追劇，早晚里長都會來電追蹤體溫，十四天後才與家人見面。朋友說，嚴謹是最安全的保障。

這安排滴水不漏，完全就是Ａ的風格！但最後那句「嚴謹是最安全的保障」讓我另一個朋友Ｂ猶豫起該不該出席另一場聚會。

上週Ｂ剛從還沒疫情的國家回來，依「順時中」邏輯根本不必擔心；但入境幾天後，該國升格為二級「警示」，Ｂ擔心自己出席會不會引發衆人擔心？又不宜在群組裡問「我可以去嗎？」恐怕衍生更多尷尬。

這種非常時期應比照代駕，來個代客調查。舉凡朋友聚會、婚禮或是大型活動，協助調查賓客意願，有「代調」服務後，起碼可以確認出席狀況，不論辦或不辦，都有依據。

可惜目前還沒這種服務，朋友推敲半天，決定發訊告知衆人，雖然自己根本不需自主健康管理，但考量大家也許會有檢疫上的疑慮，因此不出席；後來收到主辦人回訊，覺得大夥相聚不易，乾脆延期到四月再聚，……幸好找出第三條路，讓衆人都鬆口氣，從此友誼又可以長存，完全合乎「事緩則圓」原則。

最近還有朋友C回國後到處趴趴走，因爲他去的「北方某國」至今零確診，非常安全！而且南方盛傳北國的軍官又高又帥還很會彈鋼琴！不過最近又聽說該國槍決人數越來越多……，原因不得而知……。

疫情期間，大家保重！

不要浪費好危機

大家都怕大危機，但若能定義為「好危機」，就有勇氣面對。

我們只能不停地動、不停地嘗試，直到找出活路。

最近看到疫情報告，多數認為全球要到第四季或明年第二季才會有起色，現在該怎麼辦？是縮手？還是昂揚前進？

網路盛傳邱吉爾曾說「不要浪費好危機！」（Never let a good crisis go to waste.）確實如此，就是被危機逼到無路可走，才會想辦法突圍求生，這就是大危機底下的「不死鳥精神」。

台灣也是如此。

近年大環境讓電視台經營不易，想辦法開源節流，置入成爲關鍵。有時爲了配合商品置入，主角前半段做這行，後半因爲置入合約到期，瞬間轉換另一廠牌的同行！編劇、製作人、業務傷透腦筋，到底該怎麼轉才好？總不能安排主角跳槽吧！難道不會違反「競業禁止」？後來決定就寫吧！只要主線不傷筋動骨，我們都配合！

因爲沒有路，更要找路；而且景氣越低迷，衆人越期待救世主，好比美國三〇年代的經濟大蕭條就催生出《超人》；在類似景氣下，詹仁雄推出《菱格世代ＤＤ５２》女團甄選作爲對策。團隊經歷《華人星光大道》、《聲林之王》，提出嶄新模式，主動找錢找人找平台，談妥版權、音樂、經紀種種眉角，反過來賣內容給電視台等平台，流程不同，空間與高度自然也不同。

爲什麼是女團呢？客觀來說男團壽命會比女團來得長，可是台灣男孩爸媽多半要求讀完大學再談夢想！組團不易。女孩爸媽較願支持女兒出道，難怪女團一直後繼有人。

不過，最近花蓮出現令人矚目的男團二人組，兩高中男生返台後不顧居家隔離跑去吃蚵仔煎還上傳，結果罰十萬，衆人紛紛搶看這二人到底長什麼樣……，我眞心建議應立法不讓父母出這十萬，要他們自己貸款償還，一番浴火重生，搞不好能屁孩變超人！

大家都怕大危機，但若能定義爲「好危機」，就有勇氣面對。尤其現在宅在家，消費習慣迥異過往，沒人能直斷未來會出現哪些新行業，我們只能不停地動、不停地嘗試，直到找出活路。

有朋友問，如果我女兒出國返台之後違反居家隔離被罰款，會不會幫她繳錢？……我……我認爲，管女兒跟管兒子不一樣！

苦中作夢

人有百百種，有人相信主流，只做會成的事；
也有人在苦中更要夢不可能的夢。

最近逛家具賣場，看到小夫妻戴口罩坐在陳設好的「家」中想像未來，能在疫情下苦中作夢，畫面很美。散步回家，南京東路車少人也少，像回到幾十年前的台北。

以前大家都窮，爸媽爲了柴米油鹽發愁，小孩反而懂苦中作夢。像我小時候看完電視影集《隱形人》，弄來紗布纏繞全身，成功變身！軍醫看到我身上的紗布，立刻跟我媽投訴，媽邊扁邊罵：「我們家死人啦？你包白布出喪！」奇怪，我都隱形了，她怎麼可能打得到！

人有百百種，有人相信主流，只做會成的事；也有人在苦中更要夢不可能的夢。

像近期表演團體票房掛零，全民大劇團的謝念祖仿效疫情中心創作《藝情中心》短片介紹演出資訊，兩天點擊破兩百萬，還上熱門。但爆紅又涉及政情，可能讓「有關單位」緊張，忽然引發網軍出征，讓他頗沮喪。

鼓勵他，網軍與網友不同。網友罵人有愛有恨有感情；「網軍」則不需要靈魂，依SOP收錢開罵，搭配媒體與名嘴側翼助攻、拉抬聲勢，最後由「政」義文青收尾，就要讓你寒冷。

忽然想起傑克尼克遜主演的《飛越杜鵑窩》。他是闖入精神病院的正常混混，帶進種種奇想將病人乏味日常注入活水，院方怕他顛覆院規，將他腦部前額葉切除，此後再也沒有任何反應；同伴決定悶死他，讓靈魂自由。

「悶」字是關鍵，悶了會死，打開悶鍋則能找到情緒出口，當然嘲諷難免擦槍走火。國民黨執政時，上級不爽就下條子喊停；網路時代，「有關單位」懷疑就出動網軍。改朝換代，還是容不下某些靈魂。

拿喜劇人開刀，恍若在靈魂上施以切除術，是下下策；上策應善用快樂力量。好比新聞上愛大聲唱歌的居家隔離者，陳時中不好勸，就派陳鬧鐘請他不要吵，以幽默化解衝突才大氣。如果眞用國家機器對付小劇團，太糗了！

對了，最近布萊德彼特模仿美國「陳時中」短片爆紅，被模仿者也精彩叫好，台灣向來以美國老大哥馬首是瞻，應該趕快跟進。說眞的，布萊德彼特並沒有我們洪都拉斯帥！

不要告訴你媽！

人生是自己的，還是要審視內心，就算會「天闇」，也要往新天地闖一闖！

這回疫情讓全球陷入逆境，上週台科大EMBA讓我去談談該如何在「逆時代」突圍，我覺得任何指南都不可靠，因爲效果因人而異，決定分享一些衝出去的經驗。

在我那個時代，社會認定男生一定要讀理工才有出息；若讀社會組就是「天闇」，彷彿注定一世陽痿……。我算家裡會念書的，明知數理不好，但在媽媽「關切」下只能硬選自然組，高二那年過得極慘。

那時一週有四天要上數學課，老師講解任何數學公式、我都聽不懂……，只能看著窗外藍天白雲放空，日復一日，前途一片黯淡的感覺實在太苦了！痛苦到必須向家裡的好人好事代表——我爸求救。爸爸懇談後答應簽名讓我轉組，我問，「那媽媽怎麼辦？」她是家裡的刑部尚書，功夫直逼武林高手，若參加《料理之王》，可以右手炒菜、左手抄起傢伙打孩子！連爸也不敢「忤逆」她；我爸很有智慧地找到一個方法，那就是，「不要告訴你媽！」

進入文組後，人生豁然開朗。我編校刊、做壁報，忙得非常開心，甚至跌破眾人眼鏡一舉考上大學。體會到人生是自己的，還是要審視內心，就算會「天閹」，也要往新天地闖一闖！若眞一路照著別人提供的「生涯規劃」走，必慘無疑！此後遇到逆境，無論是沒有錢、沒有人、沒人看好，對我來說，都能化成創作的養分。

在高中同學會上，還有人記得當年我轉組，甚至羨慕我能就此遠離三角函數。其實大家各有所長，我們都從「失敗爲成功之母」的階段，進入「成功爲失敗之母」的體會，想套用過去成功模式闖未來市場，注定失敗，因爲時代早已不同；不過，……有些事情，還是沒法告訴我媽。

好比大女兒在美國早已結婚，婚宴必須等疫情過後、聚會安全才能舉行，但我媽很想看孫女回門的樣子，頻頻追問進度，我趕緊報告女兒過年時會帶著洋女婿先回來見親戚，向奶奶磕頭，婚宴則要等到疫情結束；媽又追問，那疫情哪天結束？我抬頭看著老天爺，幫忙給個答案吧！這次……她老了……，我是眞的很想告訴我媽！

不滿意就滾出去

疫情引發無數次網路論戰，不少網友喜歡以「對台灣不滿意就慢走不送！」作結，不也是感情勒索？

一位藉網路人氣當選的桃園市議員，也因網路言論惹議遭到罷免，所謂成也網路、敗也網路。

現代人總在網路上疲於奔命，難怪很多哲學家讚揚孤獨，認爲孤獨才能破除糾結。想通很多道理，可惜這一代，注定成爲孤獨不起來的一代。

傳個訊息已讀不回，焦慮他是不是排擠我？拍網美照，數著讚怎麼少了一個？政治人物帶風向，用一四五〇想黨同伐異、主導言論；但巨大到擁有八千八百萬人追蹤的川普私人帳號卻遭推特永久封鎖，因爲他主導的不只是言論，已經產生「進一步煽動暴力的風險」。網路讓自由、民主、博愛的普世價值受到挑戰、受到影響。

好比我們過去說一沙一世界，只要專心鑽研，一粒沙都有驚喜；但現在觀點多元，避免「以管窺天」，必須多方收集資訊。再想從一粒沙看世界，應該會被網友評論爲「無言以對」、「離譜」、「老鬼」……。

最近看到歐巴馬專用攝影師皮特蘇沙的作品《Shade》，我最喜歡他拍歐巴馬彎腰，讓五歲平頭男童摸摸他平頭的瞬間，趣味中有溫度，一張照片眞能讀出整個世界，看得出歐巴馬無論跟誰在一起，都很自在。

這作品還是引起爭議，因爲書名有個副標「兩位總統的故事」（A Tale of Two Presidents），雖然蘇沙只拍歐巴馬，圖說字字影射川普，比如剛才孩子摸頭那張，就寫「川普會彎腰讓孩子摸他的橘髮嗎？」孔子說「聽其言、觀其行」，沒想到歐巴馬的照片，反而能讀出川普的模樣，擁川派與反川派當然論戰不休。

論戰未必沒價值，許多伴侶靠吵架才了解彼此看事情的角度差異。但最好避免感情勒索式的對罵，好比爸媽罵小孩罵到詞窮，往往會使出殺手鐧，「不聽話就滾出去！」當然不能當眞，但此話一出口，深深傷害彼此感情。

這次疫情引發無數次網路論戰，不少網友喜歡以「對台灣不滿意就慢走不送！」作結，不也是感情勒索？我有個合作很久、也很欣賞的編劇最近貼出此言，頗有感觸地打電話給她，什麼都沒提，只是關心一下，其實很想抱抱她，跟她說，「這段時間，大家都辛苦了！」

滾動人生

傍晚小李搭電梯下樓，電梯忽然卡住不動，壓根沒注意到國家停電警報，一片黑暗中，小李滾下兩行熱淚，……為什麼，又是我？

小李在一片黑暗中，滾下兩行熱淚，……爲什麼，又是我？

順民小李向來支持政府。每天兩點會放下手上的工作，專心看陳時中記者會，當記者問出蠢問題，他立刻查這人是哪家媒體的哪個記者，在對方網頁留下一句，「如果不想待在台灣，就滾出去！」

順民小李看著移民的朋友受不了隔離，一個一個帶著孩子回來，他心想，還不是台灣好！每當朋友傳來嘲笑政府的貼文，他義正辭嚴回覆，「不好笑，酸文不會讓病毒消失！」隨即封鎖對方，小李覺得人民不該懷疑政府的決心。

小李爸媽住在台中，前一陣子爸媽家停水，小李請他們來台北度假，爸媽說不用了，但叮嚀他如果有疫苗一定要打。

後來防疫升級，小李馬上裝社交距離 App，一一檢查身邊同事是不是都裝了。他看到政府說滾動式檢討防疫方法，身爲主管，他主動讓同仁分兩組，滾動式輪流進辦公室。

不過小李屬下告訴他，小孩停課在家，要請防疫照顧假，不能滾動，小李問，那你的工作誰做？屬下說，你不讓我請假，衛福部要罰公司三十萬！小李沒有暴怒，默默把員工排進請假名單。

最後順民還是暴怒了。小李自費注射疫苗，護理師叮嚀六月一定要打第二劑，保護才完整，後來他聽說疫苗不足，打電話詢問，才知已經由中央滾動式管理，何時有疫苗、誰能施打，都不知道！小李失控對電話裡的護理師怒吼，忘記曾寫下「我們的歲月靜好，是因爲有人替我們負重前行」，第一次覺得護國神山……崩了。

傍晚他搭電梯下樓，電梯忽然卡住不動，小李壓根沒注意到國家停電警報，三十分鐘以後才脫困，他滿頭大汗，口中喃喃念著，「誰給我疫苗，誰就是神。」

這天輪小李居家工作，看到美國宣布願給全世界兩千萬劑疫苗，小李知道政府一定會爲他拿到疫苗，欣喜戴上口罩搭電梯下樓，沒料到……又停電了。一片黑暗中，小李滾下兩行熱淚，……爲什麼，又是我？但沒關係，因爲有疫苗，世界就有光了！

Mr. 想辦法

疫情嚴重，Mr. 想辦法忙著找門路打疫苗，
醫院他熟，跟診所護理師也有交情，殘劑一定搶得到。

最近社會焦點都在疫情與疫苗，政府滾動式管理，讓小民也跟著滾動式求生，不管大飯店或小生意人，都忙找門路、找出路。我有個朋友阿賢（都是我朋友的事），特別精通此道。

阿賢自稱「高級水電工」，專營高檔家電設備，還喜歡暗示自己與十多年前拍 A 片出名的「台灣水電工」同名。舉凡冷氣不冷、音響不響、紅酒櫃溫度異常，向他求救，他立刻回覆「我來想辦法！」讓阿賢成爲大家心中的「Mr. 想辦法」。

每回他滿頭大汗完工後，客戶打開設備櫃一看，咦？怎麼多了些莫名其妙的東西？阿賢一一解釋這是他透過門路找到的好貨，功能強而且特別划算！可是往往「東省西省、窟窿等著」，百密必有一疏，沒多久，又看到阿賢滿頭大汗出現在客戶那裡了。

阿賢還有個特色，就是小氣，日常小氣就算了，百貨公司週年慶更是主要戰場。他眼光犀利，抓準潮流收特價新品，來換點數與禮券，新貨隨後轉個彎搬進客戶家裡，點數跟禮券，就自己收下了。

最近疫情嚴重，問阿賢生意有沒有受影響？他說忙著找門路打疫苗，醫院他熟，可以掛名當採購、水電工、志工；跟診所護理師也有交情，殘劑一定搶得到。我說，你乾脆去關島打啊！小氣的阿賢說，那麼貴，寧可去街上當遊民，看能不能蹭支疫苗！萬一蹭不到呢？阿賢打算攔轎求情，請郭董從進口的五百萬劑裡分一劑給他。問他怎麼喬裝鴻海員工？阿賢說不喬裝，他是股東！前兩天爲了以防萬一，他買了一股鴻海零股，想一想，又忍痛多買一股台積電！兩邊押寶。問他萬一都落空呢？阿賢說最後一招就是搬去高雄，因爲高雄病毒少，但疫苗多！

莎士比亞在《哈姆雷特》寫道：「大人啊！請您善待這班戲子，不可怠慢，因爲他們是這時代的縮影。」其實阿賢不也是時代縮影，當高官呼籲以氣質及正直對抗病毒，阿賢跟許多人寧可用自己的心機讓全家安心活下去，這份想要活著的心意就不可貴嗎？在此祝福市井小民與達官顯要……顯貴，都平安健康！

誰也沒法想到的改變

誰也沒法想到的改變，帶出想像之外的世界。

好比維珍集團老闆布蘭森決定飛向宇宙，成爲第一位太空旅行的大老闆。

今年一定會出現轉捩點，因為太多事跟過去不同。

首先，美國NBA總冠軍賽居然沒有詹皇Lebron James與柯瑞，公鹿跟太陽取而代之；美國夢幻籃球隊曾在奧運痛砍奈及利亞代表隊八十三分，前兩天熱身賽卻反輸給奈及利亞（奈隊有八個NBA現役球員）！也好，挫敗會帶來改變，讓人打破陳規。

好比疫情重創維珍集團老闆布蘭森在地球上的業績，他決定飛向宇宙浩瀚無垠，成為第一位參與太空旅行的大老闆。七十歲了，在太空漂浮笑得像個孩子。

誰也沒法想到的改變，帶出想像之外的世界。

米其林三星的頤宮烤鴨頂級精緻，以前只能內用，現在必須外送。打開一看，鴨還熱，為了保持麵皮口感，一張棉紙夾一張餅皮，一如清朝紅頂商人胡雪巖大老遠送新鮮薺菜給左宗棠，就是一片棉紙一片菜葉。想著業者妥當安排的用心，頗感動。

若擔心喜歡的店家生存不易，多外帶吧！半畝園、都一處小菜適合包走；Wild Donkey有生麵與蛤蜊料理包，回家幾分鐘就能煮好。大膽牛肉麵則麵一包、湯一包，還配上乾咖哩醬，生麵也有拉麵、陽春麵、香港蛋麵三種選擇，組合起來口味極像香港的九記牛腩，過癮。爲了捧場，我們甚至不遠千里叫北投溫泉旅館直送三明治，咬下有點惆悵，因爲缺少溫泉的氤氳霧氣……。

也有店家趁機推出冷凍食品，點水樓有冷凍鴨肝豬肉小餃子，滋味驚喜，如果不是疫情，誰能想到這兩樣食材這麼搭！

許多潛規則也改了，以前官員見立委，鞠躬哈腰矮三分；現在立委像小弟，幫官員開車門！以前捐疫苗的是紅十字會，現在捐疫苗的是晶片公司。以前做好事，政府頒好人好事表揚；現在做好事，先求政府高抬貴手批准！各行各業也變了，好比表演場館可以開放，但不能有觀衆，咦？哪招？

沒有關係，《雙城記》說，這是個最壞的時代，也是……還眞他X的是個最壞的時代！
印度神童預言七月要當心三件事，連詹惟中也說另有危機，聽了一肚子悶氣，看來解封路遙遙，不要緊，他是我鄰居，先蓋他布袋！

只穿內褲的日子

最難熬是第十天，看著湯姆漢克漂流到荒島的《浩劫重生》，忽然都懂了！甚至能跟那顆名爲威爾遜的排球心靈相通！

打從決定去美國參加小女兒畢業典禮，就知道回來隔離十四天是免不了的。回到台灣，獨自一人在清晨搭防疫計程車穿越空蕩蕩的台北街頭，抵達防疫旅館，眞有幾分寂寥與好奇。

入口在地下三樓，其他樓層都鎖了，只剩一鍵可按，連電梯都好孤獨。進入房間安頓好，在屋裡做運動、追劇、看書，發現連行李箱都不必開，一天一條內褲足矣！只有視訊會議得套件上衣。

既然哪裡都不能去，點餐成唯一對外窗口。但美味大菜吃在嘴裡都不香，深刻體會到吃飯是個儀式，要盛飯、添菜、聊天互動，有節奏、有動作，才有溫度，不然吃飯跟吃飼料沒兩樣。

在這十五天共三十餐的挑戰下，體會到媽媽與太太這幾十年來安排三餐有多不容易。其實一人吃飯就別費心搭配了，首選君悅排骨便當，第二是日式豬排飯，再來可以選牛肉麵、滷肉飯。吃著便當想起我媽當年天天準備四個便當，想辦法變化炒飯、炒餅、米糕來塡飽我們，但我一看到蒸過的四季豆像膨脹的綠色蠶寶寶，還黏在便當蓋上，竟回家擺臭臉給媽媽看，眞傻啊！

防疫旅館視野遼闊，但窗外車水馬龍都與我無關。想起聖嚴法師曾鼓勵我打禪三或禪七，當年沒去，沒想到在隔離中有大量時間自省。看著湯姆漢克漂流到荒島的《浩劫重生》，忽然都懂了！我太清楚他的感受，甚至能跟那顆名爲威爾遜的排球心靈相通！

最難熬是第十天，甚至夢到老婆就在身邊，醒來發現只是一場夢。發簡訊給妻與女，「我這輩子從沒這麼想妳！」感覺血管裡的血都變灰了。好在，只剩四天、三天……。最後一天早上十點，收拾好行李、整理好屋子，踱步度過最後十四個小時。午夜十二點離開時，轉身看著已有革命感情的房間，說聲「謝謝！」

十四天說短不短，說長不長；但「關」過之後，對家人親友的感受完全不同，値得走一趟。出關後，外甥說他即將入伍當替代役，打算跟他分享「離群」心情，問他去多久，他說，十二天！保家衛國居然比防疫的時間還短，我……我……。

只要你相信，就會了

陳玉勳導演想拜師學藝，沒想到寶明告訴他，這氣功不用學，「只要你相信，就會了！」

疫情持續兩年多，最近台灣確診人數每天創新高，眼看就要從個位數飆到極陌生的五位數。以前確診是少之又少的「異形」，是駭人病毒；現在確診的是同事，是朋友，決定把恐懼往後丟，生活擺前面，依計畫告別老友顧寶明。

寶明熱愛演戲，才華洋溢又古道熱腸，只要看旁人身體不舒服，會主動幫人灌氣治病，從天王劉德華到化妝師，全都讓他治療過。但寶哥發功會打嗝打不停，有人如朱延平導演看他嗝得太辛苦，忙稱自己好多了；也有如陳玉勳導演，真覺得困頓中有股氣流從腦門直下，打通任督二脈，渾身舒爽，甚至想拜師學藝，沒想到寶明告訴他，這氣功不用學，「只要你相信，就會了！」頓時全場哈哈大笑。

這話淺白卻是眞理，不只氣功，人生也是如此，相信，都能有所體會。顧寶明在歲月中摸透人生的春夏秋冬，累積演出能量，可是等一切都明白了，體力卻跟不上。尤其主流影視一直以年輕人爲市場，資深演員多半是配角甚至客串，手藝最好的時期，反而最寂寞。不只演員，很多行業也都是這樣，因爲變化太快，等好不容易活得明白，卻發現時不我與，只能不斷調整、不斷適應。

好比現在俄烏戰爭讓我輩覺得無比憂心，好好的都市遇到戰爭便成廢墟，兩岸之間能不謹愼嗎？可是和平議題是票房毒藥，青壯派沒人敢做、也沒人願意做，只有老一代不怕被扣帽子，所以呂秀蓮跳出來疾呼和平，她眞不是爲了自己，而是知道如果不出手阻止戰爭，代價會是下一代。儘管體力不支，還是必須努力，好告訴下一代這個世界曾經有多美好。

在疫情、氣候變遷、戰爭、兩岸、美中諸多問題夾擊下，相信我們會繼續演化、繼續改變。就像NBA居然會出現打法跟過去都不同的新秀賈莫蘭特，就像旅行的定義，不再是從一個人很多的地方花大錢換到另一個人很多的地方，就像夫妻之間可以「執子之手，與子偕老」，但千萬別是因爲居家隔離困在一起，朝朝暮暮到白頭……那太可怕了！

無益之事

如果不做些跟利益無關的事，人生如何排遣無聊？有些人把利益放第一，連吃頓飯都要有目的；但現在這局面，就該做無益之事。

疫情當頭，活動銳減。俄國小說家托爾斯泰曾說：「最高的物質享受，對人類社會來說，是和平；對個人來說，是健康。」現階段很多人都做不到。

最近街頭人車銳減，梅雨季一來，「疫情偏逢連夜雨」，生意更清淡；好像除了白沙屯媽祖身邊尚有人潮，其他地方都淡如水。大家懶懶宅在家，能不出門就不出門，空氣變清新、海水變透藍，尼泊爾的民眾抬頭能見三十年不見的喜馬拉雅山，很多都市連動物都出來逛大街了。

這種靜滯的生活該怎麼過？有句話說「不爲無益之事，何以遣有涯之生？」如果不做些跟利益無關的事，人生如何排遣無聊？有些人把利益放第一，連吃頓飯都要有目的；但現在這局面，就該做無益之事。

好比近年私廚盛行，老闆一人包辦前場後場，有錢進帳就心安，從不考慮升級或更新。做生意豈可不維護？眞應該利用淡季進行改裝。

又好比我們政府，嘴上說超前部署，可當時疫情就小貓兩三隻，快篩、疫苗、藥看起來沒用，都不買，等時空背景一改，立刻短缺。

還有些看似「無益之事」，例如同學會多無聊，去了發現能跟這些人一起無聊，反而可貴，我因此做了齣舞台劇，把「無益之事」變成作品。說來創作也是「無益之事」，不為大小，不為目的，就做自己感興趣的事情，久了總會開出朵花。

看藝術展也是「無益之事」，有回朋友盯著白牆上的水管，問藝廊多少錢？對方說：「這，就是水管。」二〇二二年台北當代藝術博覽會眞有個作品是沒鋪平的地毯，記得看看就好，千萬不要過去弄平！

最近朋友抱怨日子太無趣，我說，若眞沒事，不如出去走走，「不為無益之事，何以遣有涯之生？」他眞聽話去參加朋友壽宴，回來打電話說謝謝我，因為派對結束後，十人有七人確診！我說這也不是壞事，大家都康復了，接下來不必那麼怕染疫，可以安心一點；朋友問我怎麼沒去？我說要準備出國，想想不去比較安心，電話那頭傳來微小的一聲「幹！」

不接電話的私廚

不接電話、不接網路，管你報出美食家、名人的大名都沒用，想預約，只能各憑本事。

選舉結束，鬆口氣，戶外終於可以脫掉口罩。眾人紛紛出國，目的地多半是日本。旅客出去的多，進來的少，觀光人數出現大逆差。

近年台灣想靠好山好水吸引旅客，很難，但我們有米其林、500盤的美食，不見得要仰賴國外，自己可以安排美食朝聖之旅，上山下海，主題式地吃。

好比屏東住一晚，上山吃AKAME的燒烤，或是到宜蘭頭城訪江振誠的小餐館，嘉義吃有名的空軍市場陽春麵，或鑽進阿里山來吉部落，吃南非女孩 Hana 親手做的麵包。每家店不論是否合口味，都有故事，也都要預約。

近年疫情導致熱門私廚難訂到不可想像的地步，好比前幾天朋友帶我去吃華陰街台式小店，只賣午餐。我們聽著餐廳的電話一直響，就是不接，自成一種特色。不接電話、不接網路，管你報出美食家、名人的大名都沒用，想預約，只能各憑本事。

而且熱門餐廳的老闆多半有個性，麻辣鍋始祖寧記的老闆頗凶，加鍋底要看臉色。多年前曾帶老友陳博正去吃了一回，他覺得麻辣雞腳意外美味，讚美老闆「這很好吃！」沒想到老闆回嗆，「我這裡什麼都好吃！」嚇得他再也不敢去捧場。

老字號餐廳的服務生也是一絕，大多數是不年輕的女性，有點像羅毓嘉的著作《阿姨們》裡的人物。

阿姨們見過八〇年代台灣經濟成長的奇蹟，待客沒有SOP，客人點菜，她嫌「這個肉就是五花！不要亂點！」可是點太多，會眉頭一皺喊停，「菜夠了！」想點條魚，會密報，「今天魚不好，不要點！」臉色不好，卻把客人當自己人來顧，阿姨們成爲台灣美食無法取代的特色之一。

其實「不接電話的私廚」不奇怪，因爲私廚吃氣氛，老闆最大！

而且別忘了，台灣還有「不須賠償的海岸線重油汙染」，甚至還有「不接受記者訪問的總統」，太厲害！祝各位口罩脫掉脫掉脫掉，身體健康健康健康！

—輯六—

原來還能戀愛——人生下半場還長著呢！

一張嘴能做什麼？

我的脫口秀題材包含政治喜劇、黃色笑話、男女問題，還有各種令人啼笑皆非的白目內容，歡迎當投資人入股！

最近四處還演講債，在《今周刊》「熟齡講座」、北一女家長會開講，發現自己學問不夠，但全場笑聲不斷，考慮老後應該找點新鮮事做，若能在小酒館裡 Talk show 脫口秀，應該不錯！題材包含政治喜劇、黃色笑話、男女問題，還有各種令人啼笑皆非的白目內容，好比在扶輪社年會談「當年退出扶輪社的十二個理由」，或是，將在老友兒子婚禮上這樣說……。

首先，新娘與親家放心，女兒嫁過來，保證不會受欺負，因為 A 先生是江北人，跟郝柏村「好杯杯」一樣，橫眉一條，面貌嚴肅，但心中熱情。他做事業對內要求品質絕不鬆懈，面對客戶不合理的要求，寧可只交朋友、不做生意！不過跟他打球時絕不能移球，他會立刻翻臉！

同時恭喜新娘有個非常好的婆婆。A夫人美麗大方，每天相夫教子，唯一嗜好就是在家裡暗藏的密室裡欣賞多年收藏的華服、珠寶，但從沒人知道這密室的確切位置！新娘好好孝順公婆，保證未來可以得到藏寶圖。

另外，我昨天提醒A夫人，在婚禮上千萬不宜穿得比新娘子還漂亮，各位看，她的確沒聽進去！

至於婚姻，些許心得與新人分享。

在下認爲，家庭是一切核心，婚姻平順則萬事興；不然光處理家中戰火就疲於奔命，人生也不必過了。

好比A先生年輕時也曾想犯天下男人都犯的錯，但他守住了！現在年紀大，非不行也，實不能也。但你們還年輕，難免……，幸好現在科技發達，不久的將來可以戴上VR眼鏡，搭配「互動裝置」，看看片，保證無害。

最後，A兄是嚴父，放不下身段，很少讚美兒子，可是他私底下常跟我們說，這幾年公司業務由兒子負責，做得很好！他很安心，也很安慰。祝福父子倆未來越來越親近，有朝一日，一起看VR解決心猿意馬的問題……現在，爸爸可以跟兒子說一句，我愛你！

最後，祝婚姻美滿，各位健康快樂！

以上就是我的脫口秀參考內容，喜歡請按讚，非常喜歡，歡迎當投資人入股，連小酒館名稱我都想好了，就叫……「只靠一張嘴」。

誰來祝我生日快樂？

每年派對上我都想，這麼多來賓都認識我嗎？
五十歲以上可能略懂，但三十歲以下往往連我名字都說錯……。

上週過生日，又是尷尬的一天。

我這年紀早不興做生日，但一堆人照例推我出去曬太陽，派樂隊儀隊奏奏樂，今年還有飛機拉國旗，特別隆重。我仔細觀察機隊裡有沒有老鄉越過中線派來的「代表」，好在沒有，不然……更尷尬。

上午曬完太陽，下午果然又把我推回去關禁閉，這些人到底是眞愛我還是想只利用我，看他們唱生日快樂歌的神情就知道。

有些是舊愛，年年大聲唱；有些是新歡，最近才來，歌詞記不住，有一搭沒一搭；有些根本不想來卻不得不來，從頭到尾閉嘴……多彆扭！可惜今年看不到表情，因爲所有人都戴上口罩，太無趣！不過我猜剛做眼袋手術的那位一定唱得很大聲，眞謝謝他。

每年派對上我都想，這麼多來賓都認識我嗎？五十歲以上可能略懂，但三十歲以下往往連我名字都說錯，也不怪他們，因爲我的名字本來四個字，後來有人改成六個字，有時候七個字，今年派對上寫成兩個字，想想一〇九年前多少人爲了幫我改名而拚上性命，現在……唉！

名字就算了，最近比較擔心老外。認識這麼久，我跟他麻吉過，也被他背叛過，他放個屁，我就知道他昨晚吃什麼！所謂「老外老外」，就是「軍隊老是在外」，他把全世界都當成他的管區，只要派兵過來，就要我們爲他拚命！我們眞是朋友嗎？說眞的，一百多年來苦的是我，爽的是他，有這種朋友嗎？

尤其現在老外跟老鄉處得不好，似乎很想讓我們跟老鄉打打架，他出面調停當大哥。可是我們這邊狀況也不一樣了，以前人手多，可以自動續命充血；現在得要花錢打雞血，還不知道高價向老外交易來的寶物到底有沒有用，我想，能不用，最好……但有人想聽我的意見嗎？

派對結束，心情有點悶，正所謂「冠蓋滿京華，斯人獨憔悴」，還是回去聽娜娜唱歌好了……欸欸，我是指六〇年代希臘的娜娜……咦？幹嘛解釋?!說半天，忘了告訴各位我的名字，其實我名字也上過歌詞！後面是這樣接的……經得起考驗……（請自行填入表情符號）。

人生換個跑道

轉換跑道，往往因為內心還有夢。

最近常島內旅行，上週去司馬庫斯，本週先到屏東、再往台東，遇到很多換跑道的朋友。

司馬庫斯真美，我們遇到一群中華電信退休員工，他們打從高中畢業就在電信局工作，以前爬高，是為了架電話線；後來爬高，是為了裝MOD牽網路線；現在爬高，是因為台灣山林太美！他們說當初根本不懂網路，卻因公司轉型，硬改成幫客戶裝MOD，只能隨身帶寫著各種小撇步的小記事本，就這樣看著本子一步一步嘗試，讓自己也跟著轉型成功！

轉換跑道，往往因爲內心還有夢。好比我去屏東「永勝五號」書店辦講座，那是個眷村老屋改建的書店，原本是張曉風的家。負責書店的翁女士過去是記者，她先生一輩子寫作，接手這個空間後卻過世了，由她換跑道當起書店主人，安排藝文活動，把小眷村炒得火熱，儘管書店只能容納五十位聽衆，面對如此盛情邀約，豈能不相挺！

講座結束，搭車由南迴公路繞去台東尋妻，老婆先一步到池上參加秋收稻穗藝術節。這段風景太美，漫天蘆葦，路邊的多良車站還標示「全台最美車站」，其實早因旅客太少而廢站，卻因架高享有無敵海景，轉型爲網美打卡地點，每天高達千人造訪。據說南迴全線電氣化之後，多良即將復站，讓美景更易親近。

晚上終於尋妻成功，我們住在ＴＶＢＳ創台老搭檔小五開的石一方民宿，他一直喜歡生態，最早在《頑皮家族》專拍動物，奮鬥多年後，換跑道移居都蘭，在大自然裡當民宿主人，還做木工藝術，圓夢成功！

重頭戲池上秋收稻穗藝術節已經十二年，一開始只是收割後在田間舉辦音樂會，現在已成年度盛事。當地居民與學生投入當志工，不只讓池上之美傳遍國際，也帶出池上人自信。對我來說，能在廣大無垠的金黃稻穗環繞下聽音樂，太享受了，當 A-Lin 背對觀衆、面對群山唱起古調，確實會落淚，這就是「敬天」！

壓軸茄子蛋，他們的歌不只台灣出名，主持人曾寶儀說連馬來西亞潛水隊都拿來當隊歌，因爲教練說，你們游出去，記得，浪子要回頭啊！

上哪兒養老？

老後不一定非要搬進有電梯、酒精味、漂白水味的安養中心，

能在小平房裡吹風、曬太陽、交朋友，更愜意。

週末我們的全新舞台劇《明星養老院》在高雄首演，滿場觀眾，很多回饋意見提到他們深有同感，開始思索老後生活。

明星跟普通人一樣都會變老，我們試著創造一個理想的、只有老明星入住的共居空間，並且點出明星與影迷之間的溫暖連結。雖然八卦新聞輾壓明星形象與光環，歲月讓觀眾徹底遺忘他們，無論多轟動的作品、多響亮的掌聲，時間一久難免煙消雲散；可是音樂一響、燈光一亮、大幕拉起，好多觀眾說立刻感動到起雞皮疙瘩，原來回憶都在，這是專屬他們以及明星之間的溫暖羈絆。

演完後，留在高雄參觀左營眷村，認識海陸的學弟Q爸Q媽與Q妹。他金門人，對這裡的老房、老樹、老院子很是喜愛，申請到高雄市政府的「以住代護」專案，在老屋裡開民宿、開餐廳。Q妹是中興大學食品系的專業背景，對飲食與生活極感興趣，在這裡可以跟左鄰右舍的住戶合作研發學習各種美食料理，這種相濡以沫的生活模式，根本就是我們小時生活的翻版！

這天下午，聽說台北淒風苦雨，我在眷村院子裡吹著南部暖風，看著矮矮院子裡的樹影搖曳，跟新朋友們聊天，兩個字可以形容，快樂！其實老後不一定非要搬進有電梯、酒精味、漂白水味的安養中心，能在小平房裡吹風、曬太陽、交朋友，更愜意。

最近眷村改造多半走文創風，讓年輕人進來賣東西；我倒想建議政府活化老屋時，可以服務另外一端的老年人，只要維修屋頂防漏水，將設備現代化，就能化身銀髮族社區，相信老人都願意入住重溫小鎮童年點滴，讓人生像個圓規，起點與終點合一，就太圓滿了。

而且老後漸漸放下執念，沒有族群、沒有政治，就剩鄰居之間溫暖感情，相信身心的病痛可以減少非常多。

不過年紀大，不保證脾氣會變好。像看戲時有位年長男士堅持坐在不同場次的座位上，擾及鄰座，老伴頻向左右致歉，他還出示寫著董事長的名片說，「有事找我！」……

看來這位男士適合一個人看戲，……也適合一個人演戲！

不支配的藝術

「騎馬」看似人當主導者掌控方向，如何讓兩個不同的節奏同步，

重點不在支配、而是要「懂」。

近幾年爲了一圓兒時牛仔夢，開始學騎馬。馬這動物高大，體重超過半噸，卻極爲膽小，血液裡有馴服的基因；我們跟著教練學用韁繩、打浪、壓浪等技巧跟馬互動，希望牠不要亂跑，更想讓牠懂我的想法、配合我的節奏。直到最近，終於有更深一層體會。

「騎馬」看似人當主導者掌控方向，實際只要一想支配，就學不好。就像胎兒如果想支配媽媽，媽媽往東走，他硬要往西竄，只會讓兩人痛苦對撞，因此胎兒早就學會順應媽媽的律動與節奏，這樣媽媽舒服，他也舒服。騎馬也是一樣，馬有律動，人也有律動，如何讓兩個不同的節奏同步，重點不在支配，而是要「懂」。

很多高手人馬合一，雙手完全不觸轡繩，能在馬上拉弓射箭甚至吃飯，因爲他懂馬的律動，馬也懂他。當馬知道騎士不會跟自己扞格不入，更能自信奔跑，雙方同享速度。

人也一樣，每個人有自己的節奏。好比一對情侶吃飯，一邊速度極快，另一邊則細嚼慢嚥。快的吃完後無聊滑手機，邊滑邊嫌「動作眞慢！」慢的那邊手忙腳亂，開始怨恨對方「根本不懂享受食物！」如果不溝通，日子一久，步調越差越大，難免心生嫌隙，必須想辦法適應。

有個朋友人緣極好，最近開刀置換右邊髖關節，手術順利，請大家吃飯。我們好奇人走路用雙腳，爲何他只磨損右邊，左邊完全沒事？席間發現他太太習慣坐在他的右手邊，只要他腰胯一沉，寸勁待發準備起身吹牛，太太立刻出手按捺……一下……兩下……十年……二十年，賢妻的心真讓「鐵杵磨成繡花針」！好在換了全新人工關節，夫妻又可同步。

小到個人、大到國家，都有速度差，如果不懂隨著律動調整步伐，只想支配，難免踉蹌。就像台美關係因川普落選，彷彿來了個「綜藝摔」，接下來該如何轉換拍子培養默契，就看主政者懂不懂小國外交的巧妙。

時值歲末，本應歡喜過年，但疫情方興未艾，打亂所有計畫，既然還要與病毒共存，相信各位一定能調整步伐，找回生活節奏。在此預祝大家過年愉快！

沒有人能全壘打

任何事、任何人，總有一批人喜歡、一批人不喜歡，所謂「譽之所至，謗亦隨之」，沒有人能全壘打。

最近在中廣流行網主持晚間六點節目《欸，我說到哪裡了？》，回想二十七年前參與《台北之音》，十五年前作中廣節目，這次再度回到麥克風前，耳機一戴、on air 燈一亮，心情愉快，又可以認識新朋友、學點新知，還有車馬費，其樂無比。

本來廣播不必粉墨就能登場，這回進錄音間加碼挑戰影音直播，認眞說話還要兼顧鏡頭，眞有點手忙腳亂。好在幾集之後找回舒服的節奏，專心聆聽，讓來賓娓娓道來，體會到這輩子光能做到「好好說話」，已經夠好了。

這領悟挺有意思，因爲大家都想面面俱到，可是網路興起後，任何事、任何人，總有一批人喜歡、一批人不喜歡，所謂「譽之所至，謗亦隨之」，沒有人能全壘打。

就像以前常把「順著天分做事，逆著個性做人」掛在嘴上，最近體會到做人如果太縮，整天想著別人會怎麼說，往往只會失去獨特性，搞不好連天分也丟了，就像孫猴子如果不撒潑，他就只是隻普通的野猴子，別想大鬧天庭。

我在廣播節目上常問來賓是不是認識眞正的自己？又如何看待走到現在的自己？聽對方說故事、說體悟，非常動人。因爲人的一生就在認識自我、調整自我，這過程有強有弱、有長有短，總之，希望能日趨成熟。

好比第九十四屆奧斯卡頒獎典禮上，脫口秀演員克里斯洛克拿威爾史密斯太太的光頭開玩笑，威爾史密斯走上舞台，驚天一巴掌打在克里斯臉上，全場大明星都吃了一驚，沒人相信威爾史密斯有這一面！身旁一些女性尖叫說，「太性感了！」畢竟願意挺身捍衛太太名譽的男人真不多，這巴掌比小金人還搶眼。

我們都知道輿論風向隨時改變，今天的男子漢，也許明天變成大惡人，他不變，可是形象瞬息萬變。無論是不是名人，重要的不是旁人看你順不順眼，而是要能坦然面對自己，即使不可能全壘打，也要在每個轉折中有所進步、有所成長。

威爾史密斯這一巴掌還是會改變世界，往後所有脫口秀演員都會隨身攜帶一張紙，上面寫著「不要打我！」

極度不情願退休的一代

這些朋友就像長跑選手，領先這麼多年，跑著跑著卻找不到下一棒……。

最近觀察到台灣有批中小企業主正面臨世代交替，有的退休了，有的還沒；多半苦惱著下一代不願接班。

這批朋友小時候可能在家幫忙作手工貼補家用，長大後代工起家，勤奮陪著台灣成長。幾十年來早上一睜開眼，就有賺不完的錢，可說是台灣錢淹腳目的奇蹟締造者，聊起親手打造的榮景就像老兵論當年，語氣中有萬分驕傲。

只是近年商業模式改變，經營成衣的面臨網購衝擊，沒人逛街，門市沒有生意；代工廠也不必提個手提箱全球跑，過去他們熱愛工作、順勢起飛，可是下一代對代工或接班都沒興趣，必須親手終結開創的事業，落寞可想而知。

這些朋友就像長跑選手，領先這麼多年，跑著跑著卻找不到下一棒，要停下來休息嗎？不情願；不停下，又覺得膝蓋痛、牙痛、足底筋膜炎都犯了。

事業與家庭都進入空巢期，閒得慌，於是有人騎著轟隆隆的重型機車到墾丁，肯定待過外商！或週週打球，搭著高鐵看房地產，聊著投資JFK，後來想起來應是NFT！要不然就談區塊鏈、虛擬貨幣，但他們都知道這「元宇宙」是進不去了。

有些退休後開始學習新知，好比挑一條好的海魚、親手料理讓太太品嚐，感謝太太一輩子相知相惜；也有人守舊，到酒店對小姐講四十年如一日的笑話、吹一樣的牛，發現小姐長相怎麼跟當年的阿花一模一樣，算算年紀，會不會是她孫女？

他們還有共同點，即使退休，身邊必須留著司機與祕書。司機可能經常跑錯地點，但耐罵；祕書是老的好，可以安排妥當許多「小祕密」；也有人四處演講，講著講著，發現聽眾掌聲只是給個尊敬。

他們還喜歡揪老友聚餐，不是喜相逢，就是牡丹，鄒記，越難預約，成就感越大。席間聊人生，也關心疫情與戰火，希望年輕一代一切安好。

散了各自回家，翻來覆去睡不著，原來體力腦力還在，為了健康，還是好好睡個覺吧！至於明天有人問到最可怕的問題「最近在忙什麼？」……到時候再想吧！

原來還能戀愛

儘管已經六十多歲，賴教授覺得這回比較像第一次戀愛，哎呀！戀愛真的很好，會回春欸！

前一陣子看政論節目，注意到與我年齡相仿的主持人賴岳謙教授滿臉喜氣，笑起來極為靦腆，正想其中必有蹊蹺；網友隨即發現他手上多了只婚戒，按圖索驥，對象正是經常同台的主播周玉琴！瞬間轟動網路，趕緊讓同事邀他上中廣專訪。

他先婉拒，說「領導」希望低調，後來我曉以大義，因為他與「領導」的戀情帶有「社會意義」，台灣離婚率已是全亞洲最高，這麼多失婚男女多半不再相信愛情，賴教授與主播的第二春不只讓人欣喜，還能告訴全世界，儘管社會動盪、政局不安，新聞多是狼師、凶殺、抄襲等壞消息，甚至連上人都能罵，這麼無愛的環境裡，原來還能戀愛！

這集專訪帶來熱烈迴響，我笑賴教授公布喜訊時「含羞帶怯」，他說這是形容女性的，儘管已經六十多歲，他覺得這回比較像第一次戀愛，又露出靦腆笑容，哎呀！戀愛真的很好，會回春欸！

台灣許多人不敢結婚，或是失婚後就沒想再婚，可能都怕婚姻代價太高。但「在一起」與「結婚」真是兩回事，鼓起勇氣跨出這一步，會看到不同風景，有不同體會。

這段戀情也給我輩男人帶來啟發，女人本來就堅強，就算遇到難關、就算老了，還是可以過下去；但男人的悲劇，就從老開始，得先盤點自己的能力。

婚後是不是不再對太太甜言蜜語？是不是不再表達內心感受？原本在公司十項全能，可是退休之後呢？會煮菜嗎？會用電腦上網嗎？能滑手機點外送嗎？

萬一發現自己不像賴教授屬於會煮菜又能靦腆的極品，那就麻煩了！一個連外送都不會點的老頭，整天穿個吊嘎短褲配拖鞋，低頭還能看到腳上一片一片灰趾甲，能不好好珍惜感謝身邊還願意陪你白頭到老的另一半嗎？

好好跟對方戀愛吧！

誰能無慾，小英總統也六十多歲，如果真的喜歡……，真該勇敢談個戀愛，相信大家會樂觀其成的。

光輝的十月

領到貼著自己照片的敬老卡，趕緊與好友相約，到時候一起刷敬老卡免費搭公車，體會上車刷卡「嗶嗶嗶」三聲的尊榮服務！

進入光輝十月，正式成爲法律定義的「老人」，領到貼著自己照片的敬老卡，立刻拍照秀在家人群組，大女兒秒回：「怎麼有點想哭？」小女兒照例隔好一陣子才回：「眞看不出來欸！」老婆很賞臉地說：「哎呀！一點都不像六十五歲，什麼時候去搭免費公車？」一家人嘻嘻哈哈的。

從二十歲工作到現在六十五歲，依《勞基法》，我已經到達雇主可以強制退休的年紀，但我們這些做中小企業的，就像《勇士們》裡的梅爾吉勃遜，第一個從直升機跳下來，最後一個上機撤退，腳還在地上拖著拖著，隨時準備跳下來繼續打仗。

回想這些年做節目、做IP、做舞台劇，現在連聲音都賣，一路對父母盡孝、對家庭負責，終於輪我拿敬老卡，莫名有點悲壯，有點微妙。

這是我最期待的卡，趕緊與下個月滿六十五歲的好友相約，到時候一起刷敬老卡免費搭公車，體會上車刷卡「嗶嗶嗶」三聲的尊榮服務，還要免費騎YouBike，搭五折高鐵回老家，務必把「敬老」發揮到淋漓盡致。

其實老人想要的就是尊敬。網路上高雄岡山榮民之家在光輝十月自己舉行國慶閱兵，一群退休五十年的老兵認眞踢正步，還有輪椅先鋒隊，大家依照分列式進行曲的拍子，依序通過自己設的主席台，給主席行注目禮，太有意思，有慶祝的心意，就有慶祝的意義。

每個人對國慶感受不同，就像「雙十國慶」跟「Taiwan National Day」概念不同，執政黨若只想慶祝「Taiwan National Day」，建議不如另找名目，設在任何一天都能放煙火大肆慶祝；至於雙十，就留給某些黨國餘孽、散兵游勇卽可。

就像最近有位朋友幫他百歲媽媽擺壽宴，總不宜在蛋糕前對她老人家說，「媽，生日快樂，接下來，我們改個名字好不好？」一百多歲了還改名，他媽不翻臉啊！

熟男語錄

身爲領了敬老卡的銀髮族成員，在此懇請各位聽到以上對話，

能夠「微笑、點頭、說好好好」，切勿質疑，老王在此誠摯地感謝大家。

領敬老卡之後，發現我輩熟齡老男人經常講這二十二句話。

「那個人是我帶出來的！」

「我們，見過嗎？」

「這個事，我說過了?!（心虛中）」

「呼～呼～呼～」（隨時隨地打盹中……）

「晚上吃什麼？」

（嗅嗅）「奇怪，我身上怎麼有種水果壞掉的味道？」

「欸老婆！我吃藥了沒？」

「我看起來，像沒睡好嗎？」

「就是那個誰，那個誰啊！就是那個、那個、那個……嘖！那個誰嘛！」

「我跟某某某很熟！」（某某某＝郭台銘、柯建銘、王建民、馬雲、張國煒、魔獸、哈利王子……etc.）

「麻煩把音樂關小聲一點，還有，請你說話大聲一點！」

「冷氣調一下方向，不要朝著我的頭吹！」

「老婆，能讓我把話說完嗎？」

「我早就說過你們會碰到這個問題！」

「我以前是海軍陸戰隊兩棲偵搜營的！」

（高球場上）「幫我看看，剛剛飛過去的，到底是球，還是飛蚊？」

「我跟你講，晚上泡泡腳，眞的睡得好！」

「樓上的王八蛋，爲什麼每天要用跑的！」

「還有，喝苦瓜汁，眞的可以降血糖！」

「我早上看報紙，新聞說……」

「這個事我說過了??!」（編輯勿刪……）

身爲領了敬老卡的銀髮族成員，在此懇請各位聽到以上對話，能夠「微笑、點頭、說好好好」，切勿質疑，老王在此誠摯地感謝大家。

對了！差點忘了最後一句，「你要出書啦？把老男人常講的話寫一篇，看能不能增加一點銷售量？」

PEOPLE 叢書 500

欸！我坐到哪裡了！？

——王偉忠繼續哈啦，不知老之將至……

作者—王偉忠｜文字整理—王蓉｜美術設計、插畫—(a) step｜排版—黃雅藍｜攝影—CHANG CHIEH｜妝髮—王嫣汝｜文字編輯—黃阡卉｜校對—簡淑媛｜行銷企劃—鄭家謙｜副總編輯—王建偉｜董事長—趙政岷｜出版者—時報文化出版企業股份有限公司 108019 台北市和平西路三段 240 號 3 樓｜發行專線—(02)2306-6842｜讀者服務專線—0800-231-705・(02)2304-7103｜讀者服務傳真—(02)2304-6858｜郵撥—19344724 時報文化出版公司｜信箱—10899 臺北華江橋郵局第 99 信箱｜時報悅讀網—http://www.readingtimes.com.tw｜法律顧問—理律法律事務所 陳長文律師、李念祖律師｜印刷 勁達印刷有限公司｜初版一刷 2023 年 7 月 14 日｜定價—新台幣 420 元｜

欸！我坐到哪裡了!？：王偉忠繼續哈啦，不知老之將至……／王偉忠著 . -- 初版 . -- 臺北市：時報文化出版企業股份有限公司 , 2023.07

332 面；14.8×21 公分 . --（PEOPLE 叢書：500）

ISBN 978-626-374-016-7（平裝）

863.55 112009547

時報文化出版公司成立於一九七五年，並於一九九九年股票上櫃公開發行，於二〇〇八年脫離中時集團非屬旺中，以「尊重智慧與創意的文化事業」爲信念。

ISBN 978-626-374-016-7 Printed in Taiwan